說給我的孩子聽系列　**面對人生的10堂課**

說給我的孩子聽系列　**面對人生的10堂課**

面對人生的10堂課

金錢

出版序

學校沒有教的事，讓我們說給孩子聽

有好多事，我們想說給孩子聽。

教改實施後，升學壓力仍在，許多家長雖然於心不忍，卻還是得讓孩子面對激烈的學習競爭。「不能輸在起跑點上。」我們常這樣叮嚀孩子，但看到孩子拖著疲累的步伐趕赴學校、補習班，看到孩子的眼神不再有熱情和渴望，對自己失去信心，我們還能說服自己，這一切都是爲他們好嗎？

記得有個朋友曾聊起他的兩個兒子。他的大兒子功課很好，從進小學到畢業，都是第一名；小兒子調皮好動，功課總是吊車尾。他和他太太覺得，上天已經給了他們一個優秀的兒子，如果要求兩個孩子一樣好，那就太貪心了。既然小兒子不是讀書的料，他們對他的教育一向是「快樂就好」，讓他自由參加活動、發展興趣，從不逼他讀書。

上國中後，有一天，小兒子的導師打電話給他：「你兒子的智力測驗全班最高，功課卻很不好，我教書二十多年，從沒見過這種情形。」熱心的導師鼓勵他小兒子讀書，從此成績開始進步，後來考上醫學院，當了醫師。

原來，他小兒子是自覺比不上哥哥才不想唸書。由於父母沒給壓力，他得以自由發展，一直過得很快樂。朋友相信，就算他小兒子功課一直不好，考不上好學校，這種樂觀的態度也會跟著他，使他一生都受益！

聽了這段往事，讓我感觸很深，我想我們做父母的有必要重新思考，什麼樣的教育對孩子最有益？哪些人生建議能真的幫助他們成長？

其實，教育最初的目的，是幫助一個人了解自己、發展自己，並能在生活中實際參與及互動。讀書考試之外，還有好多我們必須天天面對的事：

金錢——建立正確的金錢觀念，創造價值

時間——培養正確的時間觀念，把握分秒

個體與群體——認同群體，發展自我

溝通與表達——說自己想說的話，與世界相連

興趣與志向——做自己想做的事，發揮所長

身心健康——愛護身體，學習保健之道

生與死——了解生命的價值，體會生命的祝福

邏輯與智慧——提升思考能力，擴展人生格局

對台灣的愛——深化對家鄉的認同與感情

未來生活——展望未來，有自信面對未知的變化

這些事，在教科書裡找不到，考試也不會考，卻與人生幸福息息相關，需要我們說給孩子聽！這些事，就編寫在《說給我的孩子聽——面對人生的10堂課》裡，是您給孩子最好的禮物！每個主題都包含多則小故事，在孩子探索的過程中，您的陪伴將給他們信心，您的分享能減少他們的摸索——每則故事後還附有延伸問答，您和孩子可以輕鬆開啓話匣子，分享彼此的想法。

多麼希望在自己年輕時，也有這樣一套書來說給我們聽，減輕我們人生路上的徬徨與不安。早知道，早幸福，總有一天，孩子也跟我們一樣要面對眞實的世界，相信有了這10堂課，他們對未來會更有信心！

簡志忠

面對人生的10堂課

金錢

金錢

前言
創造小富翁的方法

幾年前樂透彩剛發行，許多民眾爲之瘋狂，每期彩金動輒數億，喚起了許多人的發財夢。每次聽聞有人獨得頭彩，除了羨慕，也忍不住好奇，這些人變成億萬富翁，以後會過怎樣的生活？

我們當然祝福這些幸運的得主，不過已有國外的追蹤研究發現，許多得了高額彩金的人，不消十年的光陰，就會把錢財耗盡，回復原來的財務狀況。這是爲什麼呢？有了那麼多錢，怎麼沒有好好運用呢？

也許，問題就出在這裡。

我們總是在意自己沒有足夠的錢，卻忽略了：懂得理財的人，即使手頭錢不多，卻能靈活運用，持續累積，創造更多的財富；不懂得理財的人，無論錢多、錢少，最後免不了被錢離棄！

「你不理財，財不理你。」懂得管理錢財，才能過有餘裕的生活，而金錢觀念和理財方法，是應該從小就開始培養的。

別以爲孩子年紀小，跟錢不相干。其實從孩子懂得拿長輩給的十塊錢、二十塊錢去買糖果、餅乾時，他對金錢的種種概念已經開始成形了。以下這些問題，或許我們都曾碰過：

孩子如何分配零用錢，滿足自己的需要呢？

他會抱怨零用錢不夠用，希望增加「額度」嗎？

他會把一部分的零用錢存起來嗎？

他跟同學有沒有金錢的往來？是否發生過紛爭？

這些都是生活中常見的狀況，可惜的是，學校教科書很少提到這些，我們也難得有機會跟孩子討論、給孩子建議。

《面對人生的10堂課——金錢》就是基於這樣的理念而編輯的。透過三十則生動有趣的小故事，描寫生活中最常見的金錢課題，而每則故事之後，更編寫耐人尋味的問答，藉由小朋友和大朋友的對話，提示多元的觀點，也讓親子有延伸討論的空間。

許多人努力賺錢，是爲了給下一代更好的生活。而我們能給孩子最好的財富是教育——養成正確的金錢觀念，正是受用一生的財富！相信當孩子了解金錢的眞正價值，就能擁有更充實、滿足的人生。

感謝陳五福先生、吳淡如小姐、蕭碧華小姐，在書中與讀者分享對金錢的體驗和看法。

不只是數字遊戲

信用卡很流行，我也好想辦一張！
奇怪，存錢筒怎麼總是裝不滿？
好想買最新的機器人，可是媽媽不答應……
為什麼當義工的人看起來都很快樂？
賺錢一定要「愛拚才會贏」嗎？
郵局的利息那麼少，存錢有什麼用！
同學借錢不還，我卻不好意思跟他要……

美麗步天使

認清塑膠貨幣的消費陷阱

「『步天使』限量發行，忠實歌迷不能錯過！」看著電視廣告，欣如好心動！真想要那個限量發行的「步天使」，可是一個要四千元，怎麼買得起？

過了幾天，欣如在房間裡發現了一個「步天使」，哇！這一定是姊姊嫣如買的！欣如好興奮，抱著「步天使」又親又摟。

這時嫣如走進房間看到了，急忙警告她：「步天使很貴，妳可不要把它弄髒了！」

「才不會！」欣如高興的說：「姊，這是限量發行的，妳怎麼買得到？」

嫣如聳聳肩，說：「我想要就買得到！」說著她便坐下來打扮。

欣如知道姊姊晚上一定又有活動了，她問：「姊，你們晚上出去都做些什麼啊？」

VISA
VISA
VISA
VISA
VISA

媽如一邊刷著睫毛膏，一邊說：「沒什麼啊！就是喝茶、唱歌、看電影囉！」說著，媽如站起來問欣如：「妳看！我這件短裙怎麼樣？」

「很漂亮啊！」欣如羨慕的點點頭。

「我想也是！」媽如一邊照鏡子一邊說。

欣如看著步天使，心想：「當大學生眞好！有花不完的錢，又有好多活動可以參加，我以後也要跟姊姊一樣唸大學。」

欣如期中考的最後一天，中午就放學了，下午媽媽帶她去看電影，晚上還要約爸爸一起去吃牛排，眞開心！不過就在欣如和媽媽看完電影出來時，接到爸爸的電話，要媽媽趕快回家。媽媽說，爸爸很生氣，家裡不知道出了什麼事？於是她們急忙趕回家。

回到家，看到爸爸一臉怒氣，姊姊的眼睛紅紅的。

「怎麼回事？」媽媽著急的問。

「妳知道妳女兒欠了銀行二十二萬嗎？」爸爸大聲的說，顯然氣還沒消。

「二十二萬？」媽媽問媽如，「這是怎麼回事？」

沒等媽如回答，爸爸就搶著說：「她辦了三張信用卡，每張都刷爆了，沒錢了就再辦現金卡，現在加上利息已經欠了二十二萬！」要不是爸爸今天去銀行辦貸款時，銀行特別提醒他嫣如的借貸狀況，他不知道嫣如還會欠下多少錢！

「妳怎麼可能花掉這麼多錢？」媽媽問嫣如，錢都花到哪裡去了？

「我也不知道啦！反正沒錢的時候就想用錢，所以就一直借、一直借，最後……」嫣如一臉無辜，抱怨說：「都是銀行的利息太高了！如果不收這麼高的利息，我怎麼會欠這麼多錢？」

爸媽對嫣如的想法感到很驚訝。

「嫣如，信用卡是身上沒帶現金，或是臨時要用錢時才用的。」媽媽說，「用信用卡等於是跟銀行借錢，不在限定期限內償還，就得支付高額的利息。妳別因爲刷卡方便，就以爲借錢不必還！」

嫣如沒說話。爸爸接著說：「現金卡也是，它是一種現金借貸，妳申辦了現金卡，就等於是跟銀行申請信用貸款。」

「貸款，那也沒什麼啊！爸爸還不是跟銀行借錢？」嫣如不服氣的說。

「爸爸跟銀行貸款，是用房子做擔保，如果還不出錢，銀行可以把房子收走：妳用信用卡和現金卡，是用自己的信用做擔保，如果還不出錢，妳的信用就破產了，以後要向銀行借錢就很難了。」媽媽說。

錢要怎麼還？這個嫣如眞的沒想過。不過她算算，每個月當家教也才賺八千多元，要還完二十二萬，不知道要多久！

全家人商量的結果，爸爸願意先幫嫣如還錢給銀行，但嫣如得剪掉所有的信用卡和現金卡，然後打工賺錢還給爸爸。這就當作是給嫣如的教訓吧！

（吳書綺）

有了信用卡、現金卡，就不必帶一大堆錢出門了！

需要用錢的時候，信用卡、現金卡確實很方便。但因爲刷卡方便，又不必立刻拿錢來還，許多人往往失去節制。信用卡和現金卡的利息很高，最好當作急用時的支付工具，而不是毫無節制的刷卡買東西，連自己花掉多少錢都不記得。

還好嫣如的爸爸幫她還了錢。

因爲嫣如還是學生，沒有固定的收入，所以銀行會通知她的父母。但不要以爲有爸媽幫忙還錢，就可以放心的刷卡，因爲這樣還是會在銀行留下信用不良的紀錄。信用不良的人，銀行會拒絕往來，等到以後眞有需要向銀行借貸，例如辦房屋貸款，就會因爲信用不良而借不到錢了。

我的錢怎麼不見了？

記錄收支，錢財不再搞失蹤

「你看，最新一代的天堂遊戲軟體，昨天才到的貨哦！」

今天早上一踏進教室，黃國華便來向我炫耀他新買的遊戲軟體，那副神氣的模樣，眞是氣死人了！

我們班上有一票超級遊戲迷，我也是其中之一，但是每次最新奇好玩的遊戲軟體，都被黃國華、張敏強這兩個傢伙搶先買到。我暗自發誓，有一天一定要買最新的遊戲軟體，讓他們羨慕得流口水！

可是想歸想，一套遊戲軟體要好幾千元耶！每次央求爸爸買給我，他總是說：「你電腦裡不是已經灌了一大堆遊戲了嗎？幹嘛還買？」

聽得眞嘔，大人都不曉得，老掉牙的遊戲怎麼會玩得過癮？更何況我的夢想是要和曾政承一樣，做個爲國爭光的遊戲高手，買新軟體是一定要的啦！所以當我看到廣告上說十一月要推出最新的遊戲軟體，就下定決心要「自立自強」，靠自己的力量買！

光是把每個月的零用錢存起來，速度太慢了，一定要想辦法「開闢財源」才行。左思右想，終於想出好辦法：老爸下班後幫他搥背捏腿，替老媽做家事、跑腿，都可以賺點小費；阿公、阿嬤來我家作客時，也是發動柔情攻勢的好時機。

還有，我的文筆還不賴，參加作文比賽經常榜上有名，所以投稿也是增加收入的管道。老師經常說「知識就是力量」，我想，知識應該也能聚財吧！

經過一個多月的努力，我心想收穫一定很豐盛了！信心滿滿的打開存錢筒，仔細一算，怎麼回事？居然比預估的少了將近一半！難道錢被偷了？

我搔頭皺眉的焦急模樣，正巧被媽媽撞見。

「媽，我的錢不見了！」我愈想愈生氣。「一定有小偷！」

「存錢筒的錢不可能憑空消失，你仔細回想一下，上個月有沒有花什麼錢？」媽媽說。

「沒有啊！最近我很努力存錢，連隔壁阿光找我出去玩我都沒跟……等等！我想到了！上上星期六我跟阿光去唱片行買了周杰倫和S.H.E的最新專輯，補習後又跟同學去夜市吃冰，吃完冰後還看了一場電影⋯⋯」

「這些活動應該花掉不少錢吧！所以我這個臨時的福爾摩斯可以大膽推測，偷你錢的人，正是你自己！」

我低頭默認，沒錯！沒想到我辛苦存的錢，不知不覺就被自己花掉了！媽媽安慰我說，錢可以再存，不過收入和支出同樣需要妥善規劃，這次的教訓正好提醒我記帳的重要。

媽媽建議我買一本記帳簿，每天記錄收入和支出的金額，存多少，花多少，清清楚楚。三個月後，果然存下一筆錢，如願買到最新的遊戲軟體。

當我從書包裡拿出最新出爐的遊戲軟體來炫耀時，黃國華他們全露出不可置信的表情。

「你的零用錢不是一向不多嗎？」黃國華忍不住問我。

「沒錯，但是我有祕密武器！」我驕傲的拿出記帳簿說：「我現在會記帳了，不但可以『聚沙成塔』，錢也不會憑空消失了！」

（王一婷）

每天只要花一點點時間，做好記帳的工作，一方面可以知道自己收入多少、支出多少，也可以妥善規劃金錢，等到需要用時，便不愁沒錢了。

記帳的前提應該是手頭要有收入吧？我只是學生，沒有打工賺錢，也沒有存款，不必記帳吧？

不見得只有打工才算收入哦！爸媽平常給你的零用錢、過年時領到的壓歲錢……只要是自己可以支配的金錢，都可以用記帳的方式來管理！

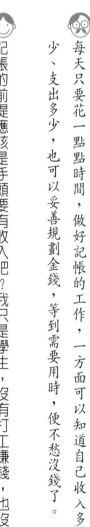

超炫機器人的代價

錢不是說來就來

放暑假時，小東跟媽媽去逛百貨公司，在玩具部看到一款超炫的機器人。他很喜歡，也很想買，他問媽媽可不可以買。

「你不是已經有好幾個機器人了嗎？」媽媽問。

「這個不一樣。這個超炫機器人是最新款的，戰鬥力更強！」

「每出一個新款你都要買，這樣太浪費了。」媽媽搖搖頭說：「要買可以，你得自己出錢。」

可是小東還小，哪裡有錢呢？媽媽幫他想了辦法：每天幫忙倒垃圾，省下每個月請歐巴桑倒垃圾的清潔費二百五十元，就歸他。

小東又和爸爸商量，每天幫爸爸整理上工必備的工具箱，而且每星期三和爸爸一起上工，充當爸爸的助手，這樣爸爸每個月就給小東五百元。

算一算，這樣兩個月的暑假結束後就可以賺到一千五百元，買超炫機器人綽綽有餘了！於是小東興致勃勃的展開他的「打工計畫」。

一開始，小東做得很起勁，但才過幾天，他就受不了了，他開始抱怨垃圾很臭，還嫌家人習慣不好，甚至定出一堆「垃圾規則」叫大家遵守。

和爸爸一起上工也不輕鬆。他們頂著炙熱的太陽，去到一家嘈雜又沒有空調設備的工廠。這是小東第一次看爸爸工作，他看到原先採蹲姿檢查機器的爸爸，不久變成跪姿，後來整個人躺在機器下方。小東在旁邊幫忙遞螺絲釘、拿工具，兩腿蹲麻了、站酸了，後來乾脆坐在地上。小東這才體會到爸爸工作的辛勞。

機器終於修好了！離開工廠時，爸爸滿身都是汗水和汙垢，卻喜孜孜的說：「眞不錯，今天賺了一千五百元，咱們吃飯去！」

天啊，這相當於一個超炫機器人的價格！小東心裡很難過，他想，爸爸賺錢眞辛苦，自己卻花得那麼輕易。

暑假的最後一個星期天，媽媽把小東的「薪水」發給他，問他打算什麼時候去買機器人。

「我不要買了！」小東說。

「不買了？爲什麼？」

「爸爸已經買了好幾個機器人給我了。我要把這些錢存起來，將來有需要再用。」

不但如此，此後每當妹妹吵著要買東西，小東還會勸告她：「花錢之前要想清楚，妳知不知道賺錢不容易？那可是要做很多事才……」

看來小東已經懂得錢財得之不易的道理了。

（張玲霞）

父母愛自己的孩子，都想盡可能滿足孩子的需要，辛勤工作也沒關係。可是如果孩子不懂得節儉，不但會增加家人的負擔，也會養成浪費、揮霍的習慣。

小東自己打工賺錢之後，才發現賺錢不容易。

了解錢財得之不易，才會愛錢、惜錢。在優渥環境中成長，或在父母溺愛下的孩子，比較不能體會「天下沒有白吃的午餐」這句話。小東自己倒垃圾賺錢，加上親眼看見爸爸工作的辛勞，終於了解這個道理。

不過，太愛惜錢，會不會變成小氣鬼啊？

太愛錢或捨不得花錢，有時會被人嘲笑是「鐵公雞」、「吝嗇鬼」或「小氣鬼」。其實賺錢的目的，本來是爲了維生與改善生活品質，所以當用則用，不要因爲賺錢不易，就變成愛錢過度的「守財奴」。一味的刻苦自己的生活，或苛求別人，可就失去賺錢的意義了。

鳥兒改變了我

心中有愛的人最富有

假如你一年前問我喜不喜歡鳥，我一定大聲告訴你——我討厭鳥！

就是這些長了羽毛的傢伙，害我星期天得一大早起床，因爲爸爸說「早起的鳥兒有蟲吃」，鳥都這麼勤快，人怎麼可以偷懶呢?所以一到放假日，爸爸總是六點就叫醒我，要我跟他到河堤跑步，可是我都趁著爸爸跑遠後，偷偷到樹下繼續睡覺。

那一天，我看爸爸跑遠了，就準備去小睡一下。沒想到就在這時候，有個打扮怪異的小胖子吸引了我的注意，因爲他穿著一身迷彩裝。更令我好奇的是，他手上還拿著一個很大很長、看起來像大炮的東西。

看他直往河邊的草叢鑽去，我突然有個念頭：「這個人是不是要偷偷打鳥？」因爲我知道這裡有很多水鳥。

我一時興起，決定跟蹤他，看他要做什麼壞事。快要走到河邊時，那個人停下腳步，把「大炮」放在地上。

「哇！眞的要非法打獵耶！」當時，我心裡正是這麼想的。

可是，事情和我想像的不一樣。這個人架好大炮後，就坐在地上不時的把臉貼在大炮上，又低頭寫東西。我看了十分鐘，他一直重複這些動作，於是我忍不住走近他，想知道他到底在做什麼。

後來我才知道，我看到的大炮其實是個單筒望遠鏡，而王家寶——也就是被我當成偷獵者的小胖子——才小學五年級，比我還小一歲呢！他說他是這個濕地的義工和解說員，兩年來只要是放假日，都會到這裡記錄鳥況。

我不懂，爲什麼他不像其他同學一樣去打球或打電玩，而且他這麼胖，爲什麼可以忍受在大太陽底下一整天，讓汗水像小溪一樣爬滿他那胖胖的臉龐，只爲了「偷看」一堆鳥在做什麼事？不過，當他眉飛色舞的講起濕地的重要性，又向我介紹各種水鳥時，我突然覺得他像個大人。

因爲王家寶的關係，我也開始對鳥產生了興趣，後來還被他拉去當義工，學習當解說員。當然，我也因此成了早起的「鳥人」。更神奇的是，我在班上突然成了最受歡迎的人物，常有一堆同學圍著我問「鳥事」。

我自己覺得最大的收穫，是我的自信心和口才都變好了。以前要我站在講台上對著全班同學講話，我總是結結巴巴講不出話來；現在的我卻可以講一個鐘頭，還臉不紅、氣不喘呢！除了感謝王家寶，我當然還得謝謝這些長著羽毛的可愛傢伙，要不是牠們，我就不會認識家寶，更不知道當義工是這麼有趣和快樂！

（吳梅東）

放假連玩都來不及，為什麼要當義工，那不是太累了嗎？

我們覺得當義工很累，可是爲什麼電視上報導的許多義工朋友，都是一副開心滿足的樣子呢？表面上看來，義工犧牲了自己的時間，可是他們做的事不僅有意義，自己也學到很多，覺得很充實，更增強了自信心，收穫比付出還多呢！現在有很多大企業的老闆和老闆娘也都在當義工！

這些大老闆不是很忙、很有錢嗎？為什麼要去做不賺錢的事？

因爲現在的人不管大人或小孩，物質享受都太好了，精神反而空虛。去做有意義的事，會讓我們覺得充實和滿足，覺得自己更有價值。假如我們把抱怨無聊的時間拿來做些服務工作，那不是可以利人又利己嗎？

小葉的賭注

妄想不勞而獲，愈陷愈深

我的國中同學小葉，他的爸爸迷上六合彩，在耳濡目染之下，小葉從小對簽賭遊戲樣樣精通，堪稱我們班上的「賭王」。

「我賭二十元，林榮坤一定追不上隔壁班的繆淑如。」

「我賭新來的國文老師已經結婚了。」

諸如此類，反正只要是大家感興趣的話題，他都會想辦法找人和他打賭，賭資從一塊錢到五十元不等，有時小葉輸，有時小葉贏，大家只是覺得好玩。沒想到升上國二後，小葉的賭注愈來愈大，動不動就要和同學賭一百元，於是沒有人敢和他打賭了。

少了對手的小葉，很快就發現了「新樂園」，那就是到彈珠店打柏青哥。在彈珠店裡下多少賭注都可以，而且贏的時候很過癮，身上一下子就有幾千元的零用金。

「綠豆，你這樣存錢太慢了！今天放學我帶你去彈珠店，那裡有三部機台最近就要開獎了，我們一起去守！」綠豆是班上一個很小氣的同學，就坐在小葉的旁邊。

「萬一沒開獎怎麼辦？我看我還是回家幫我媽做手工賺零用錢比較實在。」保守老實的綠豆，只想靠自己的勞力賺錢。

「是你自己放棄的哦！別怪我沒告訴你！我打算贏了這筆錢，拿來買一輛摩托車，即使不騎出去，在家附近繞來繞去也過癮！」小葉一副陶醉的模樣，好像那筆錢已經在口袋裡了。

接下來那幾天，小葉一下課就直奔彈珠店，連晚飯也不用吃了，一直守著彈珠台，直到店家打烊了才肯回家，也不知道扔進了多少錢。

後來小葉眞的贏了一筆錢，不過數目沒有預期的多。贏了錢讓小葉更沉迷於投機取巧的賺錢方式，他不只打彈珠，還玩牌，雖然有時贏錢，但終究還是輸的多。最後他竟然偷老師和同學的錢去賭。

偷錢的行爲不但觸犯法律，也讓小葉失去了朋友，因爲有誰會願意和小

偷做朋友呢？雖然後來老師和同學決定不報案，沒將他送進警察局，小葉還是被學校退學了。

退學後的小葉轉到沒人認識他的新學校，離我們的小鎮很遠，同學們誰也沒再見過他，沒人知道他後來到底有沒有買摩托車。

不過，靠勞力賺錢、努力存錢的小氣綠豆，倒是在畢業前買了一輛二手的登山越野車。你沒瞧見他那副神氣的模樣，可一點也不輸騎摩托車的！

（戴淑珍）

如果小葉真的被抓去警察局，會有什麼後果呢？

那就要接受法律的制裁了。不管判刑輕重，小葉曾偷竊的紀錄，會永遠留在警察局裡，成爲他一輩子的汙點，將來小葉找工作、跟銀行往來，或其他需要被調查身家背景的時候，都會被人發現這個紀錄。

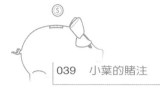

賺錢一定要像綠豆那麼辛苦嗎？

君子愛財，取之有道，以正當的方式賺錢才是長久之計。當然，如果能用腦力賺錢，會比用勞力賺錢輕鬆一點。賺到了錢，還可以透過合法的途徑增加財富，比如把錢存到銀行賺利息、買賣股票或基金等。如果眞的對賺錢有興趣，不妨多學習理財知識，市面上有許多專門教人合法把小錢變大錢的書，這些理財書籍讀起來不只有趣，也很實際呢！

林惠娟的蝴蝶標本

再多的錢也買不到友情

幾十年前，台灣的自然環境還沒破壞，夏天到處可以看見蝴蝶飛舞。我唸五年級那年，新來的自然老師教我們製作蝴蝶標本，因而帶動起全班蒐集蝶類標本的熱潮。

自然老師眞厲害，不論我們捕到什麼蝴蝶，他一看就能叫出牠的名字，還會咕嚕咕嚕的說出牠的「學名」呢！久而久之，我們也學得一身本事，一般蝴蝶根本就難不倒我們。

起先大家採集蝴蝶只是爲了好玩，但很快的，就演變爲彼此較勁。到後來，有些同學竟然不擇手段的想勝過別人，使得蒐集活動變了質。

班上的同學張榮富，爸爸是鄉民代表，家裡很有錢，只要有人抓到新奇的蝴蝶，張榮富就出錢向他買，所以他的蝴蝶標本比別人多得多。

有一天，我們十幾個同學頂著大太陽，來到學校後面的小山坡上，那裡有一片果園，四週種著金露花當圍籬，藍紫色的小花和金黃色的果實，吸引了無數的蝴蝶。當我們揮舞著捕蟲網，各自尋找目標時，跟在後頭的林惠娟忽然發出一聲尖叫。

大家回過頭來，只見林惠娟的捕蟲網裡有隻大蝴蝶，正在拚命掙扎。是什麼蝴蝶長得那麼大？我們跑過去幫她，林惠娟卻堅持自己來，她動作生疏的把那隻大蝴蝶從捕蟲網裡抓出來，用拇指和食指掐住蝴蝶的胸部，舉起來給我們看。

這是什麼蝴蝶啊？帶圖鑑的同學很快的查出來，原來是一隻環紋蝶。這種蝴蝶飛得又快又高，我們從未捕到過，沒想到竟然被個子矮小而且很少參加採集活動的林惠娟捕到了！

大家圍著林惠娟欣賞那隻環紋蝶時，幾個積極蒐集蝴蝶標本的同學都在打她的主意。張榮富愈看愈喜歡，對林惠娟說：「反正妳也不蒐集蝴蝶標本，我出五塊錢，這環紋蝶就賣給我好了。」

林惠娟堅定的搖搖頭。

「十塊錢，怎麼樣？」張榮富追加了五塊。

林惠娟不爲所動：「出多少也不賣給你！」

「我用五隻鳳蝶和妳換，這樣總可以了吧？」另一位同學說。

林惠娟仍然搖搖頭：「這隻蝴蝶是我的，不賣，也不換。」

就這樣，大家都死了心。我知道林惠娟不會做蝴蝶展翅標本，就幫她做好，又在標本盒上寫上「科名：環紋蝶科；種名：環紋蝶；採集者：林惠娟；採集地：學校後山」。當我把標本交給林惠娟時，她高興得說不出話來。

夏天很快就過去，班上蒐集蝴蝶標本的熱潮也退了。那年冬天我過生日，收到一堆禮物，林惠娟送我的禮物用金色包裝紙包著，拆開來一看，竟然是我幫她做的那個環紋蝶標本！她在標本盒上寫了四個字：「友情無價」。

（張之傑）

哇，林惠娟好酷哦！不過既然她自己不蒐集蝴蝶標本，為什麼不把蝴蝶賣給別人？

捕捉蝴蝶她不在行，可是當她捕到那隻稀有的環紋蝶時，心裡一定很興奮，怎麼會想把牠賣掉呢！

當時的十塊錢應該也不少吧？

她大概不喜歡張榮富。像張榮富這樣的人，以爲什麼東西都可以買賣，難免被同學排斥、討厭！家裡有錢不是壞事，但過於誇耀，會讓人不舒服。同樣的，功課好的同學、具有特殊才藝的同學，也都不應該誇耀。有錢卻簡樸，有才華卻謙虛，反而更讓人家佩服你。

不過，為什麼後來林惠娟要把蝴蝶標本送人呢？

這是因爲「蝴蝶誠可貴，友情價更高」吧！雖然環紋蝶是很難捕到的品種，可是有同學願意站在她這邊，不因爲她不懂蝴蝶而看輕她，還幫忙她把蝴蝶做成標本，不也是很寶貴的朋友嗎？

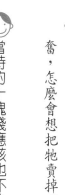

爲什麼零用錢不夠用？

節制不必要的花費

爲什麼零用錢總是不夠用？我不是會亂花錢的人啊！

媽媽每個月都會給我和姊姊五百元零用錢。姊姊和我讀同一所小學，她六年級，我五年級。我們每天一起走路上下學，中午都吃媽媽準備的午餐，我除了每天比姊姊多吃一個八塊錢的麵包，其他的花費應該都差不多，爲什麼她每個月可以存一百元，而我的零用錢等不到月底就不夠用了？

一定是爸媽偏心，偷偷多給姊姊零用錢吧！這個月我要記下姊姊和我各自零用錢的花費，如果花的一樣多，那就表示我的猜測是對的，我一定要向爸媽爭取和姊姊一樣多的零用錢！

第一個星期，爲了要上美勞課，我和姊姊一起去文具店買蠟筆和紙。沒想到才踏進文具店，就發現陳列台上擺滿了我喜歡的珠珠和星沙，實在是太美了！我左挑右選，忍不住買了五種珠珠和三瓶星沙。沒關係，反正我有五百元，除了蠟筆和紙的一百二十元外，我只比姊姊多花了一百一十元，但是能擁有這麼多不同的珠珠，我覺得實在太划算了！

第二個星期，阿姨帶我們去西門町逛街，那是我最喜歡去的地方，路上每個人都妝扮得好漂亮，還可以邊走邊吃零食，眞是太棒了！阿姨請我們大吃一頓，但是當我看到電影院前大大的冰淇淋泡芙時，口水都忍不住要滴到衣服上了。

雖然一粒要賣一百二十元，我毫不考慮的打開小錢包買了一粒，要好好享受那香甜滑順的冰淇淋滑過喉嚨的感覺。但是當我吃到最後一口，不小心看到身旁身材苗條的姊姊，眞是有點後悔，如果不要貪圖一時的口腹之慾，或許我可以早日擺脫「小胖妹」的外號。

第三個星期，是好朋友林琪的生日，但是我眞的忘了！一直到有同學提醒我時，才想起來應該要買禮物送她，不得已只好去文具店買了一枚六十元的海星戒指，而這個意外的花費讓我心疼了好幾天！

第四個星期，上課外活動時，我看到李幼琴手上戴了一串粉紅色的小花手環，好美哦！我也好想要。她告訴我是在學校對面的精品店買的，只花了一百五十六元，還有很多不一樣的圖案呢！

但是我的零用錢早就用完了。怎麼辦？還不到月底就沒有零用錢了。看到姊姊又可以把省下的一百元存進撲滿，心裡眞是既羨慕又嫉妒。我知道爸媽沒有偏心，只是我還不懂爸爸常掛在嘴邊的「量入爲出，才不會入不敷出」的道理。

（許玉敏）

我也常常覺得零用錢不夠用。

大家都知道，百貨公司裡有好多好看的衣服，麵包店裡有好多好吃的麵包，文具店裡有好多讓人愛不釋手的玩具和文具……但這些東西都是要花錢買的。

爸媽爲了讓我們學習金錢的使用和規劃，或爲了緊急的需要，可能會給我們一些可以自己支配的零用錢。這些錢不多，如果隨便亂花，很快就會用完，等到眞的需要用錢的時候，反而口袋空空了！所以我們必須有原則，想一想什麼錢是必須或急迫要用，什麼錢可以省下來。

要怎樣分辨呢？

如果有想買的東西，先把價錢和想買的理由寫下來，並且規定自己，如果不是眞的非買不可的物品，都必須先思考兩個星期才能去買。當你逐條寫下自己想要擁有的東西，並冷靜思考想買的理由時，會發現其實有很多東西，都只是一時衝動所造成的購買慾罷了！

時間是存款的好朋友

財富能靠恆心累積

今天是學校每個月一次的存款日，郵局的員工會到學校來幫大家辦理存款，佩綺一邊從書包裡拿出存款簿，一邊問隔壁的曉玲：「妳要不要存錢？」佩綺幾乎每個月都會存錢。

「不了，我沒有錢可以存。」曉玲回答。

其實曉玲覺得很好奇，爲什麼佩綺每次都有錢可以存呢？佩綺家並不是很有錢啊！佩綺說她自己有一個存錢筒，只要她有用剩的零用錢就丟進去，到了存款日再帶來學校存。曉玲很不以爲然，一個月能存多少錢呢？

佩綺笑著回答：「不多啊！可是學校不是說十元以上就可以存嗎？」

「可是妳不會只存十元吧？」曉玲驚訝的問。

「有時候眞的就只有十塊錢啊！」佩綺說，「我先去存錢了。」

看著佩綺走出教室的身影，曉玲更加不以爲然。她記得媽媽說過，郵局和銀行的利息很低，媽媽都把錢拿去跟會了。像佩綺這樣一次十塊錢、十塊錢的存，能有什麼用呢？

等佩綺存完錢回來，曉玲忍不住又問她：「妳每個月只存十幾塊，能存多少錢呢？」

佩綺把她的存款簿拿給曉玲看，說：「妳看，雖然每次只有十幾塊錢，可是每個月都存的話，積少成多，不知不覺也存了不少呢！」

曉玲仔細一看，佩綺的存款簿上雖然每一筆存款都只是幾十塊錢，可是因爲從一年級就開始存，幾乎每個月都存，加上利息收入，現在她的存款簿裡已經有六千多塊錢了，還眞不少！

曉玲再看看利息，佩綺今年的利息有三十二塊錢，她忍不住說：「啊，利息好少！」

佩綺不以爲意，翻到存款簿的前幾頁，說：「妳看，剛開始存的時候利息更少，才五塊錢、十二塊錢，可是等到存進戶頭裡的錢愈來愈多，利息也就跟著增加了，到今年就有三十二塊錢囉！」

曉玲還是覺得這樣的利息太低了，而且，難道佩綺都不想花錢買小東西、買零食嗎？

「我並沒有勉強自己不可以花錢，只是把剩下的錢存起來而已，所以有時候一個月可以存一百多元。只要錢存下來就是我自己的了，利息少我也不在乎！」佩綺說。

曉玲想到自己常常把零用錢拿來租漫畫、吃零食，這些錢要是省下來，說不定也有好幾千元了！看佩綺已經是千元小富翁，自己卻還是「月光族」，不禁羨慕起她來。

（吳書綺）

哇！利息真的好少哦！那還不如把錢拿去花掉算了。

錢花掉就沒有了，存下來不但是你的，而且可以賺利息。你看，佩綺並沒有因此而少花錢，她存的是她用剩的錢。

但是把錢存起來有什麼用呢？

除了存款，當然還有其他增加財富的方法，例如購買基金、股票等。不過對佩綺來說，她的年紀還小，錢還不夠多，而且對其他的理財方式也不了解，並不適合。她可以等到存了一筆錢，也熟悉其他理財方式後，再選擇比利息更優惠的存錢方法。

那要存到什麼時候？

時間是存款的好朋友，積少會成多。想想看，父母給的零用錢會隨著你的年齡增加，或是等到國中畢業後，可以自己打工賺錢，那時可以存的錢增加了，利息也給得更多，存款不就累積得更快了嗎？存款怎麼不會是一個好方法呢？

即使利息不多，把剩餘的錢存起來，所存的錢還是會逐漸累積成一筆可觀的數目，像佩綺每個月才存幾十元，不也已經累積到六千多元了嗎？

欠錢風波

有借不還，再借很困難

一大早，林煥青的手和膝蓋包著繃帶，一拐一拐的走進教室，他的媽媽跟在他身後，一來就直接找老師，跟老師談了好久。同學們不知道發生了什麼事，交頭接耳的討論著，只有紀威看起來心事重重，低著頭不說話。

下課時，老師把紀威叫到辦公室去。原來，是紀威在昨天放學後揍了林煥青一頓。

老師問明原因，發現是林煥青向紀威借錢沒還，紀威要不回錢，一時氣不過，就把林煥青推倒在地上。

老師回到教室，對同學們說：「林煥青借錢不還是不對的，不過紀威不該動手打人……」

話還沒說完，好幾位同學都舉手要發言。

「老師，林煥青向我借了三次錢，到現在一次都沒還。」崔士芬抱怨說。

「老師……林煥青也向我借了四百元。」鍾小平委屈的說。

「林煥青是故意不還錢的啦！」林啓聖一點也不同情林煥青。「他挨打，活該！」

老師發覺事態嚴重，原來林煥青的行爲有問題，向這麼多同學借錢，不但不還，還不肯承認，一直說他不記得，難怪「火爆浪子」紀威會忍不住動手揍他。

老師要求林煥青和借他錢的同學講清楚，並約定還錢的期限。

「我也想還啊！可是我……我現在眞的沒錢。」林煥青現在這副可憐樣，和他當初借錢的模樣差不多，但是同學們已經不相信他了。

爲了解決問題，老師只好請林煥青的媽媽再來學校一趟。

林媽媽聽說自己的兒子隨意的向人伸手借錢，而且還欠錢不還，一邊訓誡兒子，一邊跟老師商量該如何解決問題。

在媽媽的督促下，林煥青列出借他錢的同學名單，並記下每個同學的借款數目。林媽媽要求他自己負責還錢：每個月從零用錢中扣除一筆作爲還款，另外每天要替林媽媽打掃及倒垃圾，賺得的錢也拿來還款，直到把錢還清爲止。

第二天，林煥青拿著他的還錢計畫來學校，向他的「債主」一一說明還錢的時間。爲了還錢，林煥青有好幾個月的零用錢都只剩原來的三分之一可以用，而且每天一放學就要趕快回家倒垃圾和打掃。

欠的錢慢慢還清，林煥青和班上同學的關係不再那麼緊張了。不過，每次聽到林煥青開口要借錢，大家還是覺得很懷疑，很不客氣的對林煥青說：「又要借錢？你會還嗎？」

不被信任的感覺，讓林煥青很不舒服，他現在知道，錢雖然還清了，破壞的信用卻很難恢復啊！

（張玲霞）

我看還是別把錢借人比較安全。

朋友之間開口借錢，多半是一時不方便或遇到困難，如果說什麼都不

借，未免太不通人情，而且將來自己有困難，必須求助於人時，人家也不會借妳。

朋友有通財之誼，借錢在所難免，只是有個原則必須遵守，那就是「有借有還」；如果借了錢不還，就會破壞自己的信用，不但「再借困難」，連要恢復信用，都很費力。

有同學來向我借錢，我怎麼知道要不要借他呢？

借錢給人之前，應該先衡量自己的能力，如果自己沒什麼錢，只好拒絕，改以提供勞力的方式幫忙。借錢之前，最好先了解借錢者的信用好不好；如果有不還錢的壞紀錄，就不要再把錢借給他了，以免造成自己的損失。

真搞不懂，那些不還錢的人是怎麼想的？

有些人是做生意失敗或錢花光了，眞的一時沒錢可還；有些人則是有意侵吞別人的錢，以爲賴著不還就是「賺到了」。還不還錢，完全看借錢者的心。有心還錢，時間再久也會想辦法償還；無心還錢，就算追到天涯海角也要不回來。

我們常常忽略「有借有還」的重要性，以爲拖欠著也沒關係，反正遲早會還。這種心態對借錢給我們的人來說，是一種輕忽和傷害，不但影響了朋友的情誼，也破壞自己的信用，使自己漸漸成爲不受歡迎的人。

環保僞君子

賠錢的生意沒人做

一九八九年三月二十四日，艾克森石油公司「瓦爾迪茲號」油輪的原油外洩在美國阿拉斯加的威廉王子灣，共漏出一千一百多萬加侖的原油，汙染的海岸超過七百英哩，遭到汙染的野生動物保護區和國家公園，總面積廣達二千五百平方公里。

這次漏油事件嚴重破壞了當地的環境生態，經過了十幾年，當地的動物只有兩種復原，有些地區至今還留有油漬。

在事件發生初期，艾克森公司的態度很強硬，只派了中階主管到當地處理善後，與阿拉斯加州政府和解。艾克森公司爲了維護股東的信心，維持公司的股價，一再宣稱「和解賠償對我們的財務影響不大」，看來這公司對環境汙染的嚴重後果並不放在眼裡。雖然漏油造成損失，艾克森在那一年的獲利

仍然高達三千五百萬美元。

一九九四年，法院裁定艾克森公司應該賠償當地漁民與居民總共五十億美元，但艾克森公司不願意，向法院提起上訴，使得此案糾纏未決。賠償遲遲未付，威廉王子灣居民的生計都受到了影響，他們沒有錢可以過生活和購買新船，而艾克森公司卻沒有任何表示。

艾克森公司在全球八十幾個國家經營著各種行業，影響力之大，科羅拉多州西北邊的居民體驗最深刻。因爲在一九八〇年代初期，艾克森公司因爲經營策略的改變，決定關閉當地的油頁岩廠，這使得所有當地的相關行業全都停擺，房地產的行情更是一落千丈。很多居民沒有能力搬到其他地區去生活，他們承受著失業的苦果。過了這麼多年，目前當地的經濟依然蕭條，而艾克森公司卻繼續年年賺大錢。

儘管艾克森公司獲利豐厚，它和其他幾家石油公司，如殼牌、英國石油等，在二〇〇三年被環保人士「頒發」了「綠色奧斯卡獎」中的「環保僞君子學院獎」。這是仿效電影奧斯卡獎而設，用意是嘲諷這些石油公司假環保、眞汙染。

環保團體「企業觀察」宣稱：「這些造成環境汙染的公司，假裝是愛護環境的企業及根除貧窮的先鋒，但事實上，他們爲環保計畫打廣告所花的錢，往往比實際推動這些計畫的錢還要多！」（劉書竹）

石油公司都是這麼自私嗎？

對多數企業來說，不賺錢就無法長久經營，所以不考慮利益也不行。許多企業在作決策時，考量的都是「能不能賺錢」，只關注自己公司的收益和股價，雖然通常會遵守法律，但是在他們的眼中，所謂的公共利益與民眾權利是不存在的。

像艾克森公司遷廠這個例子，並沒有觸犯法律，連經濟學家也挑不出有錯誤或疏失，但是實際上這已使當地居民遭受很大的衝擊和損失。

這樣算是為了錢而害人嗎？

也可以這樣說。許多觸犯法律或遊走於法律邊緣的事情，都是因爲有利可圖，才有人去做，結果往往造成其他人的損失。例如有些人爲了節省成本，賺取更多利潤，就製作盜版品來販賣，有些人甚至去偷竊、搶劫。他們做這些事情時，腦中只想到錢，忘記自己和他人的生命，也忘記還有其他重要的事。

所謂「殺頭的生意有人做，賠錢的生意沒人做」，當良知遇上利益的誘惑時，許多人往往會選擇利益，只不過良知因此被犧牲了！

陳五福談創業

走出困境，出人頭地

（李美綾）

陳五福，出身南港貧苦農家，一直渴望走出困境。因天資聰穎，求學過程順利，留學美國後，體會出「離錢愈近的職位，愈能賺錢」，便立志創業，一九八五年起陸續創立十五家公司，因為對光纖通訊市場眼光獨具，使公司市值高漲，個人資產也超過十億美元，被封為「矽谷創業之神」。陳五福的奮鬥經歷可參考《從0到100億》（先覺出版）。

圖片提供／陳五福

您出身貧苦農家，這對您有什麼影響？

其實我父母以前都很會唸書，但因爲家境不好，無法完成學業，像我媽媽會考上高女，但卻沒去唸。他們沒機會受教育，就會要求我把書唸好。

我爸爸很嚴格，有一次我把成績單拿給他看，雖然考第一名，但他還是很生氣的說：「爲什麼沒有全部一百分？」這是很大的刺激，讓我把標準定得很高，可以說是壓力，但也是動力。

因爲家境不好，在學校會有不平等待遇，例如遠足我就不能去，但是這種不平等也成爲一種動力，讓我想要認眞把書唸好，設法走出困境。

您是怎麼走上創業這條路的？

會創業，是小時候從來沒想過的。

在學業上我算是很順利，都唸很好的學校，但是直到唸大學，我都沒有確切的目標。塡志願都是塡大家公認的第一志願，並不清楚自己的興趣是什麼。高中畢業，我就跟許多男生一樣去唸理工科（電機系）。

大學畢業後，因爲當兵太閒，我就跟著大家去申請美國研究所。退伍後出國，本來要唸電磁波，但到了美國才發現，唸電磁波畢業後會找不到工作，於是我轉唸電腦碩士，接著再到柏克萊攻讀博士。

我在美國時成績很好，全部都拿Ａ，但是英語表達能力不夠好，通不過博士資格考口試。我覺得既然只是語言的問題，留在學校也沒用，不如去找個工作，一邊賺錢、一邊練習英語，等語言提升了再回來拿博士。

我的第一個工作是在電腦公司的銷售部門擔任維修工程師，這個工作啓發了我對未來的思考。

我發現老闆和業務人員常常不在辦公室，但卻賺很多錢、拿很高的佣金，而我領的卻是固定的薪水。我的薪水在當時算滿好的，但是我的職位對公司沒有影響力，我覺得像老闆或業務人員那樣能掌握公司經濟命脈的人才算是成功。經過分析之後，我認爲自己開公司是最好的出路，於是訂定計畫，以十年的時間做準備，一步一步向創業的目標邁進。

創業需要什麼條件？

會自己創業的人，小時候在學校可能都不是很乖。像我自己，在學校裡雖然考第一名，但是操行成績不好，因爲好奇心強，常做不該做的事而被老師處罰。其實小孩子調皮不傷大雅，不用去壓抑，否則創意都壓抑住了。

好奇心強、敢冒險，使我在面對同樣的環境時，做跟別人不一樣的選擇。還有一點，創業過程充滿未知數，所以要有毅力，能堅持。

面對人生中每個重要的轉彎時，您是怎麼作選擇的？

人生和創業其實很像，創業是從無到有的創造一家公司，人生也是從無到有。企業剛開始定出大方向，然後要根據市場變化或人員等因素一直調整；人生也是，從小種下的因，讓人具備一些特質，然後在環境的不同機緣中成長、改變方向。

遇到困境，我很能思考，找到辦法離開。類似的事情做多了，就愈來愈有信心。有人曾問我，開公司是不是要有很大的決心、冒很大的險？我說，我已經做很多次了，不覺得是冒那麼大的險。

我覺得我的個性比較適合創立公司，但不適合經營。不同的人可以走不同的路，但不管做任何事，如果自己不想做，就算條件再好，也不會成功。

您對金錢的看法呢？

小時候雖然羨慕別人有錢，但並沒有很大的慾望，也沒有立志要賺很多的錢。想創業，我覺得與其說是爲了賺大錢，不如說是爲了追求成功，書唸了這麼多年，希望可以出人頭地。工程師的薪水不算少，但我不想二十年後還是待在實驗室裡。就是這個念頭，讓我深思出路。

有了錢之後，人變得有自信，但也容易自滿。我有幸接觸了一貫道，思考中庸之道，對錢的看法不會太極端。

其實現代人的生活比以前的皇帝還要好，要活不是那麼困難，缺乏的是精神上的東西。如果可以找到能賺錢、自己又有興趣的事，那是最幸福的。

做金錢的主人

家境不好，有辦法出國留學嗎？
功課不好，會不會影響未來的工作？
我那麼聰明，不會被人騙錢的啦！
十塊錢很少，好像只夠買零食……
不要叫我「小氣財神」，我只是用錢比較省！
賺錢不就是要花的嗎？
看到喜歡的東西，很難忍住不買耶！

沒錢也能出國留學

有志氣，終能心想事成

今天我聽到一個好消息，就像大家預料的，阿雄申請到美國麻省理工學院，下個月就要出國去唸書了！

從進大學的第一年，我們就知道，班上最窮的是林永雄。林永雄和人合租在頂樓加蓋的鐵皮房間，冬天冷風呼呼作響，夏天又熱得像烤爐，每個月的生活費還要靠清寒獎學金。

雖然是班上最窮的學生，林永雄的成績卻是班上最好的。他常常告訴我們這群好朋友，他想出國唸書。

「你連吃飯都有問題了，還要出國唸書？」我常常這樣調侃他。其實我們都很想出國深造，問題是錢從哪裡來呢？申請得到嗎？英文行嗎？萬一淪落在國外求助無門怎麼辦？困難太多了，愈想愈覺得自己在癡人說夢話。

「我覺得一切問題都會有辦法解決的！」阿雄笑著說。

「就算能夠申請到獎學金補助學費，飛機票也很貴耶！」我覺得阿雄的想法太樂觀了。

「錢的問題到時候再說吧！只要能申請到學校，總會有辦法的。」他總是這麼回答。

阿雄好像打定了主意，沒有什麼能阻礙他出國求學的決心。他一邊唸書，一邊積極存錢。到學校的自助餐廳吃飯時，他總是點兩樣菜，配上兩大碗不用錢的白飯，就這樣打發一餐，然後把省下來的錢，拿來準備申請學校的資料。

住的地方太熱，阿雄就到圖書館看書；假日大家相約出去玩，他還待在圖書館找資料。阿雄心無旁鶩，一直朝著出國唸書的路前進。

畢業後，大部分男同學入伍當兵，阿雄在當兵期間抽空準備托福考試，退伍前終於申請到美國幾所最好的學校。

可是，錢的問題怎麼辦呢？

阿雄寫了一封信給美國的學校，說明自己的情況，並爭取獎學金。由於他的成績優異，學校破例在第一個學期就給他獎學金。

至於機票呢？我們這群好朋友決定幫他。受到阿雄的毅力感召，我們一起出資幫他圓夢，等他學成歸國後再還錢。

與其說是我們幫助阿雄，倒不如說是阿雄幫了我們。想當初我們這群環境比他好很多、和他一起編織出國夢的同學，到現在還是在作夢階段。看到阿雄夢想實現，我們也重新燃起了出國深造的希望。

這次我們不再認爲有錢才能出國了。夢想是否實現，除了金錢，更需要自己的執著和努力啊！

（戴淑珍）

真羨慕阿雄有這麼多好朋友幫他完成夢想，如果沒有這些朋友，阿雄可能也無法出國唸書。

雖然是阿雄的朋友幫他圓夢，但要不是阿雄堅持到底，別人也不會受到感動而願意伸出援手，所以應該說是阿雄幫助了自己。

金錢阻止不了阿雄實現夢想的決心。

一點也沒錯。成功的條件不一定要有金錢。即使現在沒有錢，只要願意多花點心思，嘗試不同的做法，或多付出一些努力，仍然有機會得到自己想要的。

我也這麼覺得！小時候沒什麼玩具可以玩，我和弟弟就自己想辦法做玩具，不花一毛錢，一樣玩得很開心。

沒錯，只要一心一意想得到，總會想出辦法來。

阿丁找工作

培養實力，才有本錢談待遇

「走啦！看電影去。」放學的鐘聲一響起，原本在打瞌睡的阿丁突然精神大振，要找隔壁的小楊去看電影。

「不行，再過幾天就要交設計圖了，我得回家準備。」小楊一邊收拾書包，一邊說：「要看電影，等我交了作業以後再說吧！」

「眞沒趣！」阿丁低聲嘀咕著，不過是看場電影嘛，又不是明天就要交作業，何必把自己繃得那麼緊？像他，一向都是等到最後兩天再臨時抱佛腳，雖然每次分數都在及格邊緣，但也沒什麼大不了，只要不被「當」掉就好。

阿丁和小楊就像是兩個極端，他們雖然交情不錯，但對課業的態度卻南轅北轍。不過，就好像阿丁所想的一樣，他們兩個除了成績不一樣，似乎眞的沒什麼差別，而且阿丁還覺得自己的生活過得比較愜意呢！

再過一個月就要畢業了，班上同學開始討論找工作的事情。有些人擔心找不到工作，有些人卻依然悠哉的過日子，就像阿丁，他還是整天漫不經心，要不就上課打瞌睡，要不就乾脆翹課出去玩，至於畢業後的生涯規劃，他連想都沒想過。

有一天，阿丁照常背著空無一物的書包到學校來，他瞥見小楊正在翻閱一疊資料。

「你在看什麼呀？」阿丁好奇的問。

「這是我從求職網站印下來的資料，有兩家美術設計公司要徵助理，你要不要也把履歷寄過去試試看？」小楊一邊說，一邊把資料拿給阿丁看。

「現在就找工作？太早了吧？」阿丁一臉狐疑，「我們不是還有一個月才畢業嗎？」

「不早了，你想想看，加上面試、等通知的時間，一個月很快就過去了。」其實阿丁根本不在乎畢業後是不是馬上就有工作，不過既然小楊把資料遞給他了，就把履歷寄去試試看吧！

過了一星期，小楊接到其中一家公司打來的電話，通知他過去面試。負責面試的主管看小楊在學校的成績不錯，帶來的作品也很有創意，覺得他是一個可造之才，便要他畢業之後就去上班，而薪水方面對他這個社會新鮮人來說也還算不錯。後來，另一家公司也通知小楊去面試，對他也很滿意，看來小楊被錄取的希望很大呢！一切看來都很順利。

至於阿丁，情況就不怎麼好。他雖然也有面試的機會，但對方一看到他的在校成績和作品，對他的印象就大打折扣。

「我怎麼沒想過，找工作還要看在校成績。」阿丁開始覺得沮喪。「早知道應該像小楊一樣，把成績唸好一點，作品做好一點。現在怎麼辦？已經快要畢業了，眞不知道自己能做什麼！」

（吳立萍）

阿丁後悔了。

學生沒有工作的壓力，成績好壞或有沒有培養一技之長，對生活好像沒有太大的影響。但是一分耕耘，一分收穫，學生時期的「耕耘」，畢業之

後，就得驗收「成果」了，所以有必要在學校裡多多充實自己，培養未來投入職場的實力。

那現在阿丁該怎麼辦？

其實阿丁還很年輕，如果覺得自己的能力不夠，可以去參加相關的職業訓練課程，磨練專長，或繼續升學，增進自己的實力。既然求學的時光已經浪費掉了，畢業後更要急起直追。社會是非常現實的，在職場上，有實力、肯努力的人才能得到好的工作和待遇。

阿丁有可能趕上小楊嗎？

當然有可能，不過這得看他付出多少努力嘍！其實，任何人畢業之後都還是要繼續努力。許多專業的工作能力和經驗，是在職場上一點一點累積起來的。

天上掉下來的退稅金

小心被錢沖昏頭

「這麼容易就得手了……嘻嘻！」阿財數著手中的鈔票，心中暗自竊喜。

阿財從大學畢業後就不務正業，經常跟幾個小混混同夥，找各種機會撈錢。他最近發現一個賺錢的妙招，就是用國稅局的名義打電話找「肥羊」，告訴對方有稅金可以退。他發現，好騙的肥羊還眞不少，一聽到有稅金可以退，要做什麼都可以配合呢！

像今天早上，他打電話找到一個姓王的老先生，告訴他有一筆累積多年的稅金要退給他，只要拿提款卡到提款機，照著指示按鍵操作，就可以輕鬆退稅。這個老先生完全沒懷疑，只花了十幾分鐘的時間，就把他銀行的存款全部轉進阿財用人頭開的帳戶裡了。

「阿財，這隻肥羊宰得眞輕鬆！我們今天晚上要去哪裡開心一下？」一個歪嘴斜眼的小混混問。

「輕鬆錢，輕鬆花，怎麼花都不會心疼！我們先去大吃一頓，再到卡拉OK唱歌，然後再想想看錢要怎麼用。」阿財覺得自己眞是聰明絕頂。

騙到錢的阿財很快活，丟了錢的王老先生卻是無奈又無助。

「警察先生，您一定要把這些騙子抓起來！我們一輩子的積蓄都被騙光了，以後要怎麼過活呀？」王老先生呆坐在小鎭的警察局裡，旁邊王老太太一把眼淚、一把鼻涕的向警察哭訴。

類似的詐騙案，小鎭上最近連續發生了五件，警察小張無可奈何的嘆了一口氣，他很想趕緊把這些騙子揪出來，免得有更多人無辜受害。

像眼前這一對老夫婦，兒子和媳婦不幸在幾年前意外過世，留下還在唸國中的孫女。老夫婦平日省吃儉用，靠著一筆養老金，勉強可供孫女唸書及日常的生活開支，可是現在全被騙光了，未來該怎麼過活？

「都是我不好！」一直沉默不語的王老先生開口了，「我本來也覺得奇怪，因爲從來沒聽說國稅局會用提款機轉帳退稅，可是我想，萬一是眞的怎麼辦？那我不是平白損失了幾萬元嗎？所以我才照著他們說的去做，誰曉得結果會變成……」王老先生的臉上充滿了懊悔的表情。

「鈴——鈴——」電話鈴聲突然響起，警察小張接起來，聽他的口氣似乎有好消息，他快速的問了幾個問題，拿起筆來抄下一些資料。放下電話後，他對王老夫婦說：「有民眾打電話來報案，看到一群人在餐廳打架，這些人可能就是詐騙集團的份子，我們立刻過去看看！」

原來餐廳老闆發現最近常有一群混混到他的餐廳大吃大喝，這群人以前來光顧都會賒帳，可是今天出手特別大方，而且還大聲的討論，說什麼國稅局的招牌很好用。後來幾個人竟然爲了分錢不公平，在餐廳裡打了起來。老闆覺得很可疑，便向警察局報案。

小張及另外幾名警員帶著喝得酩酊大醉的混混回警察局，等他們酒醒，在警察的盤問下坦承犯行。王老夫婦終於破涕爲笑，還好警察很快就抓到這群人，他們的損失還不算太大。

「人爲財死，鳥爲食亡，沒想到我也會被錢沖昏頭。」王老先生說：「這次就當作買一個經驗吧！」

（吳立萍）

最近幾年，這類詐騙事件層出不窮，真是處處充滿了陷阱。

詐騙集團爲了錢，就算把別人的畢生積蓄騙光也不在乎。

難道這些人眼中只有錢？

話說回來，被騙的人也是受金錢控制啊！他們以爲可以得到意外之財，例如退稅金或獎金，一時被錢沖昏了頭，失去理智的判斷，才會受人擺布，一步步掉下詐財的陷阱。

詐騙集團的手法不斷翻新，到底該怎麼防範呢？

騙術防不勝防，但通常都是抓住人們貪圖意外之財的心理，我們可以謹記一個原則：「天下沒有白吃的午餐」，對於送上門來的錢財，一定要提高警覺，謹慎查證。

一分錢有什麼用？

點滴累積可以成江河

這一天，在美國的一個小鎮上，有個年輕太太帶著她三歲的小兒子，在大街上散步。

「媽媽，妳看！這裡有一塊錢。」走著走著，小男孩看到地上有一枚硬幣，興奮的蹲下來，想伸手去撿。

「小乖，那只是一分錢而已，別把手弄髒了！」媽媽趕緊過去拉住他。

「只是一分錢……」小男孩一邊走，一邊學媽媽說話。

就在這對母子的身後，有個身穿運動裝的男子在慢跑。他也看到這一分錢，便停下來，想也沒想的就彎腰拾起了這枚硬幣，放進自己的口袋，然後繼續往前跑。

這是阿諾利德。

阿諾利德從三十四歲開始，因爲身材日漸發胖而煩惱，於是決定每天傍晚出門去慢跑，從家門口出發，沿著鎮上的市街跑到河邊，然後再折回來。慢跑時，阿諾利德有一個習慣，就是看到地上有錢時，會把它撿起來帶回家。他才開始慢跑沒多久，就發現馬路上總是有大大小小的硬幣，如一分、五分、一毛、兩毛五。一般人看到地上有硬幣都不會去撿，似乎連彎下腰來都覺得懶。但是阿諾利德覺得，一分錢也是錢，反正撿錢也不費力，帶回家找個空罐子裝起來。每次撿到錢，他都覺得自己很幸運。

有一天阿諾利德慢跑回家，把口袋裡的五分錢掏出來要丟進罐子裡，沒想到罐子快要裝滿了。

「親愛的！」阿諾利德大聲叫著他的太太。「存錢筒滿了！」

他的太太走出來，看到裝滿了硬幣的罐子，說：「這已經是第三個存錢筒了，我看乾脆把錢存進銀行裡去好了。」

隔天，他們扛著三個存錢筒到銀行去存錢。行員幫他們把錢數了數，發現竟然有四百多元！阿諾利德的太太靈機一動。

「親愛的，不如我們另外開一個戶頭來存這些錢。」她說，「以後你慢跑撿到的錢，統統存在一起。如果存到一千元，我們就拿這筆錢出去玩。」

「好主意！」阿諾利德從沒想到撿來的錢能累積到好幾百元，這下子受到了激勵，以後他每天出去慢跑，撿錢撿得更起勁了。

就這樣經過了三十年，存錢筒總是不知不覺的就滿了，滿了之後，阿諾利德就把錢存進銀行去。戶頭裡的錢早就超過了一千元，不過這對夫婦等到第三十年，這時戶頭裡的錢已經超過六千元了。

阿諾利德無心插柳，慢跑跑出了旅遊基金，他和太太到風光明媚的加勒比海去旅遊，不花自己一毛錢的慶祝「黃金慢跑」三十年。（李美綾）

只有一塊錢，什麼也不能買。但如果把許多個一塊錢存起來，就會變成很多錢了！

像阿諾利德這樣一毛、五毛的撿，一毛、五毛的累積，最後竟然存到六千元，真是不可思議！

「一塊錢」不起眼，六千個「一塊錢」卻有大大的用途，我們怎麼能小看一塊錢呢？

說的也是。就像把錢存在撲滿裡，平時只是把零錢丟進去，等到「殺豬開獎」的時候，發現有好多錢，真是又驚又喜！

其實儲蓄的妙處就在這裡。每一塊錢都是一筆大錢的一部分，所以想要存一筆大錢，都要從一塊錢開始。

錢財露白是空仔

看緊錢包，防搶防騙

服兵役時，我當的是行政官，管一整個連的薪餉和財務。報到第一天，連長就告誡我：「錢要看好！上一任行政官遺失了四萬多元，只好自己賠。希望你不要重蹈覆轍。」

我們連上隨時有幾萬元的「雜支費」，聽了連長的告誡，我平時把雜支費鎖在抽屜裡，晚上睡覺帶回寢室，外出時帶在身上。那幾萬元眞爲我添了許多麻煩。

我是在外地服兵役，服役期間難得回家。記得報到後的第三個月，我第一次放假回台北，在家裡過了一夜，第二天再搭火車回營。在等車的時候，我心裡一直記掛著那幾萬元雜支費，雖然明知不會有問題，還是忍不住，每隔一段時間就打開背包查看一下。

有一次「查看」過後，我把背包鎖好，抬起頭來，才發現身旁坐過來一位臉色發白的中年男子。我趕緊抓著背包，想起身換個位子坐，他卻開口找我搭訕：

「少年仔！你看，那邊有一個空仔（傻瓜），伊（他）有很多錢，我們去把他騙，好不好？」

順著中年人指的方向看過去，只見一個紅臉的矮個子男人，正朝著我們走過來，他年紀約三十多歲，看起來傻里傻氣，但眼神上下左右閃爍，亮得嚇人。我正看得出神，白臉中年人又開口了：

「你看他，我沒騙你，伊眞的是空仔。」

這時我發覺矮個子的眼神愈來愈亮，愈來愈深，不知不覺的，我好像進入他的眼睛，去到另一個世界。恍惚中，聽到白臉中年人催促我：

「走，我們去把他的錢騙來。」

「我怎能騙人！」一個「騙」字，喚醒了我，回過神來，我對白臉中年人說：「我不能騙人！騙人是犯法的，我正在當兵，要是犯了法，刑罰比一般人嚴重。要騙，你自己去騙吧！」

我拿起背包要走，紅臉矮個子詭異的眼神又朝我罩過來，我的心神不禁又迷離了，但那一念的靈明，呼喚著我不能做壞事，在似醒非醒中，我挪開步子，提前走進月台。

上了火車之後，紅臉矮個子的眼神仍然在我的心中縈繞。回到部隊，還覺得有點恍惚，我把經過告訴連長，他不假思索的說：

「你碰到金光黨了！要是你當時有貪念，那些錢你非賠掉不可。」

聽了連長的解釋，我才知道金光黨是由兩個人組成，通常由扮傻瓜的用攝魂術（也就是催眠術）把人迷住，等到被害人起了貪念，利慾薰心，失去判斷力，再騙他到四下無人的地方把錢搶走。那天我不停的查看背包，結果引來金光黨的注意。

要是我懂得「財不露白」，金光黨怎會找上我這個窮小子呢！

（張之傑）

都是因為一直檢查背包，才會引來金光黨的注意。

是啊，平時盡量別帶太多錢在身上，若是帶著錢，一定要把錢收好，不要隨便「曝光」，因爲就算沒有被人看上偷走、搶走，也很容易遺失。

金光黨的催眠術真可怕。

金光黨之所以能得逞，最主要的原因是他們讓人起了貪念。人的心裡有了貪念，就會不顧一切想把意外之財弄到手，此時心念不正，哪還有能力分辨眞假呢？

萬一遇到金光黨，該怎麼辦？

只要心地光明，沒有貪念，遇到誘惑能果斷的拒絕、走開，金光黨就無技可施了。

只因少了一毛錢

有錢不是萬能，沒錢卻萬萬不能

那是很久、很久以前的事了，那年我讀國小六年級，同班同學陳學文約我到他家吃拜拜。

陳學文的爸爸在我們鎮上當消防隊員，他平時跟著爸爸住在隊裡，寒暑假才回家和媽媽、祖父母團聚。我曾問他爲什麼不住在家裡，讀他們鎮上的國小，他說：「爸爸每週要値三、四天班，一個人太孤單，我應該陪他。」

陳學文家離我們鎮約十公里。那天放學後，我和陳學文連跑帶跳的來到消防隊，陳學文的爸爸已在等我們了，他徵得隊長同意，開出一輛備用的消防車，載著我們和幾位沒値班的同事到他家吃拜拜。

當時會開車的人極少，但消防隊員幾乎都會開車。那天陳學文的爸爸開車，我和陳學文坐在助手座，幾位消防隊員站在車上。過去每次看到消防隊

出動，就羨慕得不得了，如今自己竟然坐進消防車，覺得神氣極了！

十公里路程一轉眼就到了。來到陳學文家，一張大圓桌上已擺滿酒菜，當時只有宴客時才有機會吃到大魚大肉。大人們划著酒拳盡情吃喝，有人提議吃完拜拜不馬上回去，留下來擲骰子，大家都同意了。陳學文的爸爸怕我爸媽掛念，就掏出五塊錢，要我吃過飯後自己搭車回去。

那時搭客運到我們鎮上只要兩塊錢，陳學文的爸爸顯然多給我三塊錢。我和陳學文在廟口逛了一會兒，把那多出的三塊錢花掉。跟陳學文道別時，他指了指廟口附近的車站，讓我自己去搭車。

當我走近票亭，才發現口袋裡的錢少了一毛！我們計算好了的，怎麼會少了呢？或許找錢找錯了，也可能在路上掉了，不管怎麼說，口袋裡就是少了一毛錢！

怎麼辦呢？如果回去找陳學文，被他爸爸知道了多不好意思！去求售票員，又說不出口。左想右想，決定走路回去。

這時天已黑了，出了市鎮，就不再有路燈，大地黑漆漆的，遠處的農舍、樹木看起來都像猙獰的怪獸。我告訴自己不用害怕，但心裡卻愈走愈害怕，一些鬼怪故事不請自來的湧上心頭。所幸每當我害怕到極點時，就有汽車適時經過，或遇到反向的自行車或行人。

大概是心裡恐懼的緣故，我一連跌倒了兩次，膝蓋傷得不輕，幾乎不能步行了。正當我一瘸一瘸的在路上掙扎時，迎面來了兩輛自行車，這時我已顧不得不好意思，大喊「救命！」沒想到來人高呼我的名字，原來是爸爸和叔叔來找我了！

那天晚上，爸爸見我遲遲沒有回家，就跟叔叔一起騎車到陳學文住的鎮上看個究竟，沒想到在半路上遇到我了。

（張之傑）

雖然口袋裡有一塊九毛錢，但是差了一毛錢還是不夠搭車，眞狼狽！這很像俗話說的：「一文錢逼死英雄漢。」

我們有時錢帶得不夠，或把錢弄丟了，買了東西卻付不出錢來，好糗！

如果是重要或緊急的事，可以鼓起勇氣向人借錢，或請人幫忙，好度過難關。相信只要是眞誠的請求，一定會有好心人願意幫忙的。

是自己把錢弄丟了，說出來真不好意思！

會掉錢，表示做事不小心，以後可要多注意。對錢漫不經心，往往等到眞的需要用錢的時候，才會發現缺錢的苦惱。

粗心大意的亨元

精打細算才不會賠錢

亨元是一家營造公司的工程師，營造公司是專門替客戶施工的，亨元的工作是負責作估算，也就是說，當客戶提供施工圖和工程標單後，亨元要負責計算施工所需要的各項成本，得出一個價錢後，再加上一筆合理的利潤，就是一份正式的標單。

只要客戶同意支付標單上的價錢，雙方就可以正式簽約，然後亨元會將各個施工項目分別與其他專業廠商簽約，再請現場的工程師進行施工，施工開始之後，亨元還要負責與廠商溝通。

經過一段時間的工作經驗，亨元覺得自己已經很熟練了。

最近，公司接到一個擋土牆的工程，工程項目很單純，價格也不高，地點是在新竹的一個山區裡面，施工圖和標單上面的材料及人工各項目都列得很詳細。

「這案子沒什麼大不了。」亨元拿到之後不以爲意，就依照一般的情況估價。客戶同意這個價錢後，雙方就簽訂合約，開始動工。

沒想到正式開工後，亨元卻接到現場工程師的許多抱怨。原來，施工現場在山區，道路崎嶇不平，大型的車輛如砂石車、混凝土車等，根本開不進去，必須改用小型的車輛運送材料，這樣一來，運送的車次和所需要的時間都增加了。

不只這樣，由於現場的山坡陡峭，平坦地面狹小，連馬上要使用的材料也沒辦法堆放，例如鋼筋必須放在比較遠的地方，再一點一點的請工人扛過去，這不但增加了人力成本和施工時間，而且因爲搬運太辛苦，工人都吵著要加錢！

問題一個接一個來，亨元忙得團團轉，他很後悔自己在估價的時候粗心大意，沒有去現場勘查工地，不了解施工現場的特殊情況，只憑以往的經驗與一般的狀況來估價。

現在他必須想辦法解決問題：原本預定使用一輛大砂石車運送，現在卻得改成三輛小貨車，價格上漲了；鋼筋如果放在工地旁邊，一天可以用掉一噸，現在卻要花兩天的時間才能把一噸的鋼筋搬到工地旁邊來，施工時間也增加了。

許多項目的成本都比預估的高出許多，本來可以賺錢的工程，現在落得要賠本。更糟的是，工程進度落後，要是無法如期完工，可能要被罰錢！現在廠商要漲價、現場工程師抱怨連連，亨元不但要設法處理善後，還要承擔估價失當使公司賠錢的壓力，眞是一個頭三個大了！

（劉書竹）

亨元這下麻煩大了。

其實這是可以避免的，但因爲亨元粗心大意，才造成一大堆麻煩。他只依照自己過去的經驗辦事，沒有事前做好調查的工作。

不過也有無法避免的狀況，就是遇到之前從沒遇到的案例，這時就必須更細心，運用自己的知識與經驗來作判斷。

怎麼能確定估價是精確的？

這是沒有標準答案的，因爲事情總要實際進行後才知道結果。但是事前的預估愈仔細，通常就愈接近實際的結果，所以專家作估算時都非常謹愼細心，運用所有的資料。

要是實際的結果和預估差很多，會怎麼樣？

多數企業在決策前會先做市場調查，來「預估」消費者對新產品的反應好不好。市場調查的結果可以幫助企業作決策，或至少找出可能的問題有哪些。

有些企業一開始就做出錯誤的決定，例如某家飲料公司根據市場調查的結果，決定推出榴槤口味的牛奶，結果上市後根本賣不出去，這可能就是市場調查的流程出了問題。

只是十塊錢而已

過度的節約是小氣

嘉德是班上同學公認的「小氣鬼」。大家都知道，只要跟嘉德借東西，他都會再三叮嚀：「要記得還哦！」

其實這是嘉德從小聽奶奶的話學來的。奶奶常常叮嚀嘉德，東西只要還能用，就該好好的珍惜，不然就是浪費！嘉德很聽奶奶的話，奶奶也常稱讚嘉德懂得節儉。

有一天考數學小考的時候，小靈找了好久都找不到她的橡皮擦，可能是回家做功課時拿出來用，忘記放回鉛筆盒裡了。

「沒辦法，只好盡量別寫錯！」可是，愈不想錯，似乎就愈容易寫錯，不得已，小靈只好向隔壁的嘉德借橡皮擦。

「要記得還哦！」嘉德照例吩咐她。

「好啦好啦！」小靈隨口應了兩聲，繼續寫考卷。直到考完試，才發現橡皮擦不見了。

「嘉德……你把橡皮擦拿回去了嗎？」她小心的問嘉德。

「沒有啊，不是在妳那裡嗎？」嘉德說。

「嗯……不見了。」小靈只好老實說。她看嘉德露出不高興的表情，接著又說：「我再買一塊新的還你好了！」

嘉德聽了，不以爲然，他說話很直：「妳知不知道妳很浪費？」

小靈有點哭笑不得，她要買一塊新的橡皮擦還給嘉德，這樣也不對嗎？

「那塊橡皮擦還可以用，妳怎麼可以把它弄丟了呢？」嘉德繼續說。

小靈不服氣，她又不是故意弄丟橡皮擦的，買個新的賠他，這樣也叫浪費嗎？她忍不住跟嘉德吵了起來，兩個人愈吵愈大聲。旁觀的同學都覺得是嘉德太愛計較了。

「嘉德，沒必要爲了一塊橡皮擦吵架吧！小靈不是說要買新的還給你了嗎？」班長看不過去，站出來說話。「橡皮擦一個不過才十塊錢，有必要這樣計較嗎？」

「我不是計較。」嘉德說，「我只是告訴她，隨便把東西弄丟，是很浪費的行爲。」小靈也不服氣，才十塊錢的橡皮擦，有什麼了不起？

嘉德回到家，把事情講給奶奶聽。

「奶奶，要不是小靈覺得橡皮擦很便宜，怎麼會粗心的弄丟我的橡皮擦呢？」嘉德說。

奶奶問嘉德：「那你有沒有跟小靈解釋清楚呢？」

嘉德憤憤不平的說：「大家都說我小氣，可以得到一個新的橡皮擦了，還要計較！可是奶奶，難道就因爲它只要十塊錢，我們就不必珍惜它了嗎？」

「節約和小氣，只是一線之隔。」奶奶說：「你珍惜物力，非常可貴。不過既然橡皮擦找不回來，小靈也願意賠你，就適可而止吧！」

（吳書綺）

我覺得雖然嘉德說的沒錯，可是小靈也沒做錯啊！

嘉德的想法沒有錯，如果東西還好好的、可以用，當然應該好好愛惜，讓它充分發揮功用，不要隨便扔棄之後，又要買新的。

小靈弄丟了嘉德的橡皮擦，買一個新的還給他，也沒錯。只不過嘉德覺得小靈太不小心了，不愛惜東西，也算是浪費。

到底怎樣算節約、怎樣算小氣呢？

小氣和節約眞的只是一線之隔。節約是愛惜資源、不浪費資源；小氣呢，也是愛惜資源、不浪費資源。但是小氣容易造成自己或別人的困擾，例如嘉德要是因爲怕小靈把橡皮擦弄丟，而不願借她橡皮擦，那就顯得小氣了。

橡皮擦很便宜，而且到處都買得到，買個新的，沒什麼大不了吧？

不管是用十塊錢還是一百塊錢買的，東西如果不能好好的使用，或根本用不到，就是一種浪費。

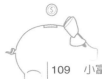

小富和阿發的存錢計畫

多賺一元，不如少花一元

「小富，目標達成了嗎？」速食店裡，阿發一面拖著地板，一面跟正在擦桌子的小富說話。

「還沒。」小富搖搖頭，「你呢？」

「當然也還沒有嘍！」阿發回答。

小富和阿發是好朋友，一起到速食店打工。他們每隔幾天就會出現這樣的對話，旁邊的人常聽得一頭霧水，不曉得他們在說些什麼。

原來他們兩個到速食店打工的目的，除了賺錢繳補習費之外，還想買一部電腦。他們才上班一個多月，賺的錢當然還不夠，所以就把買電腦當成目標，常常掛在嘴邊互相提醒。

過了三個月，有一天，小富滿面笑容的走進速食店，不等阿發開口，便立刻對他說：「阿發，我的目標達成囉！」

「眞的嗎？什麼時候？」阿發一臉驚訝，因爲他離目標還有一大段距離呢，沒想到小富竟然這麼快就達成了。

「就是昨天呀！我們昨天不是發薪水嗎？我回家算了算，把這三個月存的錢扣除補習費，發現已經足夠買電腦了！我打算繼續存錢買機車，現在騎的那輛都快要報廢了！」小富喜孜孜的說著他的下一個「目標」，但是他很快發現，阿發的反應很冷淡，好像不想聽他說。小富本來想問阿發存錢的進度，也覺得不好開口了。

這一整天，阿發都悶悶不樂，小富猜想可能跟存錢計畫有關，就約阿發下班後一起去買泡沫紅茶，想順便問個明白。

「好奇怪，我們的工作時數一樣，薪水也相同，爲什麼你可以這麼快就買電腦？」飲料買來，小富還沒開口問，阿發倒是先說了。

原來眞的是這個原因！小富覺得不好意思，早上在店裡實在不該表現得那麼得意，沒有顧慮到阿發的感受。

「你離目標還有多遠？」小富問。

阿發想了一會兒，「繳了補習費之後……就只剩昨天發的薪水了。」

「怎麼會呢？我們的薪水雖然不多，但是打工三個月，除了繳補習費之外，應該還剩下不少呀！」小富覺得很奇怪，阿發的錢都用到哪裡去了。

原來，阿發常常去看最新上映的電影，買動輒數千元的名牌服飾，連和朋友聚餐都搶著付帳，因爲他覺得這樣才夠義氣。

「其實這些錢都可以省下來的。」小富終於了解阿發存不到錢的原因。

「是嗎？可是，我需要休閒生活呀！賺錢的目的不就是爲了要使用嗎？」阿發搞不懂，他看小富平常除了上學和打工，好像一點休閒娛樂都沒有，這樣的人生有意義嗎？

「我也看電影呀！但是我都看比較便宜的二輪電影。我和朋友去郊遊、爬山，花費不多，對健康也有益處。至於服裝嘛……我們還是學生，只要穿得乾淨、舒適就好，不需要趕流行，反正流行熱潮一過，這些衣服還不是都得冷凍起來。」小富說。

「原來你是這樣省錢的……」阿發心裡知道，雖然每次花錢時會有一種「快感」，但事後其實都有點後悔。

「既然想買電腦，多賺一元不如少花一元，這樣才能盡快達成目標。」小富眞誠的提醒阿發。

「嗯，我知道怎麼做了。三個月後，我一定可以買電腦！」

（吳立萍）

阿發看到喜歡的東西就想買，糊里糊塗花掉好多錢。

許多人以爲，累積財富要靠多賺錢，其實這只說對了一半。如果錢賺到了，卻沒有看緊荷包，隨意的花掉，財富有可能累積嗎？

這麼說，有錢人都很努力看緊荷包囉？可是我們看新聞報導的有錢人，吃的、穿的、用的，都是名牌耶！

我們常以爲，出手闊氣的人就是有錢人，其實眞正的有錢人不一定出手闊氣，但是他們肯定賺到的錢比較多、花掉的錢比較少，財富才能不停累積。我們一般人賺的錢比較少，但如果能遵循賺多花少的原則，一樣能累積財富。

還有，名人或藝人在媒體上露臉時衣著光鮮，是爲了塑造華麗的形象或製造娛樂效果，這不表示他們在私底下也是揮金如土。如果我們學他們用名牌，卻沒學到他們賺錢的本事，怎麼可能變有錢呢？

動動腦筋賺大錢

創意是開啓財富之鑰

在我們生活的週遭，充滿了創意的成品，例如迴紋針、自黏便利貼、魔鬼粘、剪刀、鋸子，這些我們早已習以爲常的物件，都是前人的創意發明。創意往往是爲了解決問題而產生的新想法、新做法。

創意不但能改善生活，更能創造財富。

顏水龍是台灣工藝美術的先驅，早年留學日本學習美術，專攻油畫。日據時代他回到台灣，在家鄉台南學甲、北門等地，指導民眾利用當地特產的藺草編織各種用具，例如鞋子、帽子、菸袋及手提袋等。

傳統的藺草手提袋都編成圓形，看起來很像當時乞丐討飯用的「乞食袋」，人們看了覺得反感，因此手提袋根本賣不出去。顏水龍爲了改變人們的觀感，便運用他豐富的美術創意，重新設計，把手提袋改良成長方形，還把蘭草染上鮮豔的顏色。經過改造的蘭草手提袋，造型變得高雅大方，顏色也漂亮，開始受到當時大陸及日本消費者的歡迎，因而外銷生意興隆，爲當地人賺了很多錢。

創意能解除危機。

有一家大賣場，營業已有十幾年，爲了招徠顧客，經營方式不斷創新。這家賣場以前是不幫顧客免費送貨的，因此客人都要開車去購物，否則就得搭計程車，或提很重的東西回家。然而賣場的地下停車場很小，開車來購物並不方便。

後來在這家大賣場附近新開了一家更大的賣場。這家新賣場提供接駁巴士，定時定點接送客人，使得舊賣場一下子流失了很多客人。經過研究之後，他們不甘示弱的亮出新招——和快遞公司合作，只要客人購物超過一千元，就免費快遞送貨到家。這項免費服務讓客人省去了搬運的麻煩，購物變得輕鬆又方便，因此許多客人愈買愈多，商家也因此賺進了更多的錢。

創意還能製造特色。

有一對夫婦自己創業，在捷運站附近開了一家早餐店，但是生意很不

好，因爲附近已有兩家跟他們一樣的早餐店了。

這對夫婦發現，要把客人吸引過來，一定要在某些地方很特別。經過細心的觀察和分析，他們改進了餐點的品質，還特別打造形象——把店面整理得乾淨、舒適，穿上乾淨的工作服和圍裙，客人來了主動問早打招呼，製作餐點的人還戴上口罩和手套工作。

這些新的做法讓這家早餐店變得跟另外兩家不一樣，也爲這家早餐店帶來更多的客人，過了不久，連鎖加盟店就紛紛成立了。

創意出現在日常生活的各層面，不但能解決問題，也增加了賺錢的機會。在我們的社會上，這種以創意賺錢的例子俯拾皆是呢！

（吳嘉玲）

「創意」到底是什麼？

簡單的說，創意就是「新點子」，是經過思考而想出來的「新點子」、「新做法」。

有時候還真不容易想出「新點子」，該怎麼辦呢？

可以找其他人一起想啊！創意的產生，有時是以團體共同思考的方式進行，才能「集思廣益」。有一種叫做「腦力激盪」的遊戲，就是讓一群人一起討論，刺激靈感，想出富有創意的「新點子」，有時比一個人獨自想出來的點子更好呢！許多行業都會利用腦力激盪來激發創意。

吳淡如 談志業

寫作本身是最好的報酬

吳淡如，大學唸法律，研究所唸中文，是個愛讀、愛寫，也愛玩的人，興趣廣泛、勇於接受挑戰，經過多年的耕耘，擁有廣大的讀者。近期作品有：《幸福人的座右銘》、《心靈點滴》、《早知道早幸福》、《做自己最快樂》、《往陽光多處走》、《投資自己》、《成全自己》（方智出版）。

圖片提供／方智出版社

您喜歡文學和寫作，是在什麼情況下決定以寫作為業？

我從來沒有決定要以寫作爲業。首先我們要把一個觀念弄清楚，那就是專業作家和職業作家是不一樣的。專業，表示認眞投入這一行，而且引以爲終身志業，和想要靠寫作來謀生的職業作家有所不同。

是的，我從來沒有想過要靠寫作來維持生計，所以多年來我一直有其他的工作。以前我當過編輯、記者和老師，那是我的職業；現在我主持電視和廣播，那也是我的職業。

寫作，從來不是我的職業。如果我把寫作當職業的話，我想我不可能熬過當八年不暢銷作者的歷程。

我的父母和「正常」的父母一樣，都認爲「寫作是不能當飯吃的」。儘管成爲暢銷作家，我還是很慶幸自己沒有把寫作當飯吃，沒有當一個爲了以寫作謀生就必須討好付我稿費的人的作者，沒有閉門造車的當一個文字工匠。我的工作開展了我觀察世界的另一個層面，事實上，也幫助我找尋源源不絕的靈感。

以寫作爲業，難免短視近利，也難免會把寫作當成一個躲避現實考驗的防空洞。

寫作一直只是我的興趣，過去是，現在是，未來也是。如果沒有人要看我的書，我想，我還是會繼續寫。

一般作家的收入似乎不是非常理想，您如何讓興趣與收入兼顧呢？

前已言及，我一直有別的工作，也從來沒有厭煩於開發多元化的興趣。生活如果貧乏，靈感就會空虛。我其實很建議你所謂的「一般作家」，找到另外的工作，他們會發現，世界和他在家裡空想的並不一樣，而且繽紛得多，他也會更了解人性的複雜面。

收入是寫作的附帶品。因爲寫作所帶來的收入很高，當然令人開心；若沒收入，也該認命。寫作本身是最好的報酬。一個眞正的作者必須做到，不管收入多少，他在乎的還是自己的風格與品質；他寫一篇文章，是因爲他想寫；就算收入不理想，他從來沒有低估過寫作的精神價值。

就算沒有收入，寫作還是我的興趣，永遠的興趣，我從沒有擔心過興趣與收入不能兼顧的問題。

可以談談您對金錢的看法嗎？從小存錢與花錢的習慣？

我十四歲就一個人到台北讀書，當一個「外地生」，每月生活費有限，必須妥善運用，以免淪落到沒飯吃。所以我的金錢觀雖不精明，但也絕對不讓自己陷入窘境。我知道金錢在現實世界中可以買到某一部分的自由和尊嚴，所以不曾輕視金錢。

我是由祖母帶大的，而祖母是個很節儉的人；我不算很儉省，但不該花的錢我絕對不花。我一定會有存款，從不預支未來的錢。

對於投機財，我也沒有興趣。不過，對於投資，我會自己研究，並不想託他人之手。研究經濟環境的變遷或股市對我來說也是一件有趣的事，我喜歡有變化的東西。

我現在每個月花的錢跟一個都會上班族差不多，並沒有什麼改變。

對於金錢，您有沒有設立什麼目標？

沒有，從來沒有目標。即使在當上班族時，每月領數萬元，我都覺得錢已夠用，最重要的是我活得開不開心。

您認為成功的作家通常具備哪些特質？

很無奈的，大家所認爲的成功，還是有很強的世俗性：作品暢銷，或者屢獲大獎（可能還要有獎金才算）。這兩者，其實都是作者可遇而不可求的，成事在天。

成功的作家只有一個特質：熱愛寫作，永不罷手。寫到自己覺得「天人交戰」的時刻，即使飢腸轆轆，也還不能罷手，仍然覺得幸福。

如果一個作者可以寫到這個地步，那麼，在世俗上不成功，在心靈上也成功了。

善用金錢，創造人生價值

跟人合夥做生意，一定會賺錢嗎？

原來國家也會缺錢用！

如果偷懶也不會沒飯吃，還有人願意努力工作嗎？

石油漲價，跟我有什麼關係？

零用錢比別人多，不小心就會亂花……

學才藝要花不少錢，值得「投資」嗎？

為什麼有些人那麼慷慨，捐錢幫助別人？

各位同學，收會錢囉！

利用互助會存錢

記得高一開學沒多久，我們班那位古靈精怪、滿腦怪點子的康樂股長陳建廷，在一次班會中宣布：

「各位同學，所謂一年之計在於春、一日之計在於晨，那麼『高中之計當然是在高一』了。身爲康樂股長，有一件事我不能不提醒大家——那就是三年後的畢業旅行。」

「什麼？現在就煩惱畢業旅行的事，會不會太早啦？」同學們都覺得自己聽錯了。

「沒錯！爲了三年後有個快樂的畢旅，我們現在就要開始存錢。所以我打算在我們班起一個互助會……」陳建廷愈說愈興奮。

「啊？互助會不是有錢人的玩意嗎？我每天只有五十元的早餐費，平常沒有零用錢，壓歲錢又要拿來繳學費，怎麼繳會錢啊？」陳于庭說出了許多人的困擾。

「你還有五十元的早餐費，我才只有三十元呢！」我忍不住發起牢騷。

「如果每天只要十元，會很困難嗎？」康樂股長問大家。

這下子大家沒話說了，因爲即使是最窮的我，一天省下個十塊錢，也不算什麼。

「我們的互助會每個月只收三百元。如果你不需要用錢，每個月就繳這三百元，也就是『活會』。」康樂股長很認眞的向大家說明：「如果哪個月你急需用錢，把會錢『標』走了，就成了『死會』。變成死會以後，每個月除了三百元，還要多繳利息給其他人。」

「利息是多少？」立刻有人發問。

「那就要看你競標的時候寫多少利息，以後就是除了三百元之外，每個月還要另外多付這些利息，一直繳到整個會期結束爲止。如果我們班三十六個人都參加，會期會有三十六個月，差不多是三年。」

「那麼，標走會錢的人，會拿到多少？」陳于庭問。

100元
100元
100元
100元
100元
100元

「如果我們班三十六個人都參加，你就可以拿到三十六個人繳的三百元，外加在你之前變成死會的人多繳出來的利息，所以會有一萬多元。」

「這麼說，我們每個月都可以看自己需不需要用錢，來決定要不要參加競標。」我好像懂了。「如果標到了，就變成付利息的死會；如果沒標或沒標到，就繼續當活會囉？」

「一點也沒錯。」

每個月只要三百元，而且每個月都有機會標到一萬多元的錢來急用，大家都覺得這主意不錯而紛紛加入。

「小呆，你的會錢呢？」「于庭，你什麼時候要繳錢？」

自從成立互助會之後，每個月的月初都會聽見康樂股長的追錢令，要是有人遲交，名字還會被貼到公布欄上呢！

有點可怕吧？不過這種強迫儲蓄的方法還眞有效。三年下來，我們班的互助會幫了一些急需用錢的同學，也讓不缺錢的同學存了一筆私房錢。

三年後，我們運用這筆私房錢，辦了長達十天的環島畢業旅行。滋味如何？當然開心囉！這可是我們共同努力了三年的成果呢！

（戴淑珍）

互助會和銀行存款有什麼不一樣？我還是不太清楚。

互助會和銀行的「零存整付」有點像，每個月存一筆固定的錢。但是銀行存款的利息比較低，而且通常要存滿一年或兩年之後才能領出來用。互助會則是大家約好每個月拿出一筆錢，並由其中一個人「標」走，每個人都有機會標得一次。需要用錢的人，可以先把會錢標來用，代價就是每月除了會錢，還要多付些利息。彈性、方便，是互助會和銀行存款最大的不同。

既然互助會這麼方便，為什麼大家還要把錢存在銀行呢？

互助會的缺點是風險比較高。如果參與的成員裡，有人標走一次會錢，之後卻不按時繳出會錢和利息，那就會造成其他人的損失了。

紅茶三兄弟

來當股東做生意

二姑丈開了一家陶藝工作室，自己設計、燒製陶器，拿到店家去託賣，有時也接受訂單，替餐廳及咖啡店製作成套的餐具。姑丈曾說，這樣的生意也能賺不少錢。

今年暑假，我特別向媽媽要求去二姑丈家住，這樣就可以跟表哥、表弟一起玩了。在姑丈家待了幾天，我和表哥、表弟央求姑丈帶我們去墾丁玩，姑丈笑著說：「去墾丁玩可以啊！但是旅費你們要自己想辦法。」

「自己想辦法？」我還沒聽懂姑丈的意思。

「就是想辦法賺錢啊！」姑丈說：「我建議你們先算算看，我們四個人去墾丁玩要花多少錢。」

「油錢兩千元、住宿兩千元；餐費每人每天一百元，四天共一千六百元；

海生館門票三百元，四個人一千兩百元……」表哥拿出紙筆來記錄，姑丈幫他估計其中的一些項目。

「要這麼多啊！」表弟看到數字愈加愈多，忍不住驚嘆。

「八千元應該夠用吧！」姑丈說。

「我媽給了我一些零用錢，但是不夠。」我說：「而且暑假才剛開始，我不能一次把錢花完。」

「要你們在短時間內湊足這筆錢可能不容易，這樣吧，我幫你們出一半的旅費，剩下的四千元你們自己想辦法。」姑丈說：「你們去市場賣紅茶吧！」

「賣紅茶？」我們三個瞪大了眼睛。

「我有個朋友在市場賣冷飲，他後天要回南部去十天，我可以去借他的攤子給你們用。你們三個人合夥，一個人出一些錢當本錢，買紅茶、杯子等，一起去市場賣紅茶，賺到的錢就可以當旅費囉！」

「那一個人要出多少錢？」表弟問。

「看你們各自的財力囉！我知道大表哥有儲蓄的習慣，可以多出一點。」姑丈說。

我們三個人商量之後，決定表哥出一千五百元，我和表弟一人出一千元，這樣資金總共有三千五百元。姑丈說，這是我們三個人當股東，他把資金分成七股，表哥有三股，我和表弟各兩股，要是賺了錢，利潤就依這個比例分配；如果賠錢了，也要依這個比例分攤損失。

我們請姑姑教我們煮紅茶。姑姑建議，既然要賣冷飲，不妨也做冬瓜茶來賣，讓買的人多個選擇。

我們列出了採買清單，如茶葉、冬瓜糖、砂糖、紙杯、吸管等，由表哥負責採買。材料買回來後，姑姑幫表弟一起準備紅茶和冬瓜茶。我的海報畫得好，就負責製作招牌，我把店名取爲「紅茶三兄弟」。

姑丈建議我們星期六開張，因爲週末時市場的生意比較好。我們一大早推著冰好的紅茶和冬瓜茶出門，大家分工合作，擺好攤子、貼好招牌，然後就開始叫賣了。目標是一天賣六十杯。

第一天生意不錯，許多人看我們的店名很新鮮，都走過來瞧瞧，問表哥什麼時候多了一個弟弟。一整天下來，紅茶賣了四十杯，冬瓜茶賣了三十杯，一杯賣十五元，收入是一千零五十元。我們很興奮！

每天收攤的時候，姑丈會跟著我們一起計算一天的收入，然後要我們想想，爲什麼今天賣得比較多或比較少。我發現，天氣愈熱，生意就愈好，還有，叫賣推銷的效果也不錯。

後來，有顧客問我們，買五杯可不可以送到家，這激發了我們的靈感，我們立刻在攤子上掛上小招牌：「清涼紅茶冬瓜茶，三杯以上送到家」，這樣生意就更好了！

就這樣賣了九天，我們一共賣了五百杯，眞是不可思議！收入七千五百元，扣除資金，一共賺了四千元。而且資金沒用完，還可以按比例分還呢！

賺了錢，就準備向墾丁出發了。我和表哥、表弟約定，明年還要再來合夥做生意！

（李美綾）

合夥做生意的好處是什麼？

從十七世紀初開始，由於生產方式改良，企業的經營規模不斷擴大，個人獨資的企業往往會有資本短缺的問題，爲了籌集更多的資本，就有人想出「由多人共同出資經營」的想法，既可以累積資金、擴大企業規模，也可以分擔風險。

那「股東」和「股票」是做什麼用的？

合夥出資就是「入股」，出資者稱爲「股東」，股東出了多少資本，就以股票作爲憑證。隨著資本的需求增加，企業開始對社會公開募集資本，民眾只要符合條件，就可以出資，成爲股東，依出資的多少享受一定的權益和承擔一定的責任。

出錢一起做生意，一定可以賺錢嗎？

不一定，做生意有盈有虧，合夥做生意可能賺錢，也可能賠錢。

安安的生日禮物

共同基金以小錢做投資

這個星期五是安安的十歲生日，安安很期待，因爲上星期奶奶告訴他，會送他一個很棒的禮物。從那天開始，他就興奮得每天睡不著，一直在猜奶奶要送什麼給他。他一直想要一部腳踏車，奶奶那麼疼他，說不定這次會實現他的願望！不過最新上市的電腦遊戲也不錯，有好幾個同學都買了，他也很想要。

星期三早上出門前，安安聽到奶奶在跟媽媽講話，奶奶說要去銀行「辦手續」，咦，難道奶奶要給他一筆錢？

「那一定是一筆很大的錢，嘻嘻，我要變成大富翁囉！」安安愈想愈開心，心滿意足的上學去了。

到了星期五，安安在學校收到很多同學送的禮物，有人送他馬克杯，有人送他風鈴，當然還有各種文具，他抱著一大袋禮物回家，笑得合不攏嘴。

「要是奶奶送我腳踏車，那就太完美了！」安安邊走邊想。

進了家門，安安放下書包和禮物，到每個房間去查看。

「咦，怎麼沒看見腳踏車？」安安覺得奇怪，「難道還沒送來？」

「生日快樂，安安！」奶奶剛從公園散步回來。

「奶奶，我的生日禮物呢？」安安迫不及待的問。

「別急，這是一個很棒的禮物哦，等一下你就知道了。」奶奶帶著神祕的笑容說。

雖然奶奶這麼說，安安還是忍不住好奇，可是眞的沒看到腳踏車！

終於要切蛋糕了！切了蛋糕，大家拿出禮物來。爸爸和媽媽送的是一套羽毛球球具。接著是奶奶的禮物，奶奶拿出了一個薄薄的信封，裡面裝的是什麼呢？

「安安，奶奶要送你一筆『基金』。」奶奶說。

「基金？」安安不懂，「這是做什麼用的？」

「奶奶從你一出生，就每個月幫你買了五千元的基金。」爸爸向安安解釋：「基金就是把錢委託給有專業投資知識的代理公司，請他們幫我們『投資』，例如買各種股票、債券或外幣。你的這筆基金是買股票和債券的。」

「每個月五千元，可以買多少股票和債券？」安安問。

「單筆五千元，能買的不多；但是每個月都投資，累積了十年，就有六十萬，加上投資賺到的錢，現在這筆基金已經超過六十六萬了！」媽媽說。

「哇，好多錢哦！那我可不可以拿來買腳踏車？」安安興奮的說。

「如果需要用錢，當然可以把錢拿回來。但是錢存在基金戶頭裡，就是一直在投資；如果把錢拿回來，就是停止投資，那就不能繼續幫你賺錢了。」爸爸說。

「雖然我現在把這筆基金送給你，但以後還是會繼續每個月投資五千元，這樣等你考上大學，就有一百多萬，可以用這筆錢來繳學費，還可以出國留學！」奶奶說。

「腳踏車很炫，不過要是能出國留學就更棒了！」安安心想。「奶奶謝謝您！」安安抱著奶奶親了一下，這眞是今年最特別的生日禮物！

（李美綾）

為什麼叫做「共同」基金？

因爲它是讓許多投資人一起出錢投資。市面上的每一種基金都集合了許多投資人的錢，總額加起來往往有上億元呢！

共同基金是誰發明的？

共同基金起源於英國。十八世紀以後，英國經過工業革命，國力強盛，積極向海外擴張勢力，到處設立殖民地，於是有人就想把資金拿去投資海外的市場，例如美洲新大陸和亞洲。當時的中產階級也有能力投資，但是把錢投資在遙遠且不熟悉的地方，風險很高，很容易被騙。於是有一種代辦海外投資的公司成立了，它接受投資人的委託，專門研究海外的市場，並進行投資，使投資人的風險減小了。

投資共同基金可以賺多少錢？

雖然共同基金是把錢委託給專業人士來幫忙運作，但是它和其他的投資工具（股票、債券）一樣，可能賺錢，也可能賠錢，在選擇要投資的基金之前，一定要謹慎的研究。

美國人就有過慘痛的教訓。第一次世界大戰後，美國經濟快速成長，人民也開始有閒錢可以投資，於是引進了共同基金制度。但是當時制度不健全，投資公司良莠不齊，市場變得投機、惡性競爭，後來發生金融風暴，許多經營不善的投資公司倒閉，投資人的錢也全化爲烏有了！

向人民借錢的周赧王

最早的公債失敗範例

國家也需要借錢嗎？答案是肯定的。

國家為人民服務，是需要經費的。但是錢從哪裡來？國家可以向人民課稅、收取公共設施使用費，也可以使用國營企業的盈餘。有了經費，就可以進行各項建設，如道路、經貿園區、水電設施等基礎建設。完善的基礎建設能吸引企業來設立，創造更多的就業機會，也可以讓企業賺錢。當企業與人民的收入提高，政府收到的稅也變多了，就可以再提供更好的服務，這是一個理想的良性循環。

但是，當國家的收入不足以進行各項建設時，就要以國家的名義向民間借錢，這就是「公債」。不過，既然國家會需要借錢，當然也有可能因經營不善而倒閉，還不出錢來。周赧王就是最早的例子。

戰國時代，諸侯割據，周王室因爲採行領土分封制度，自己只剩下一塊極小的土地。在當時，國家收入主要來自於人民的稅收，或是侵略他國搶來的戰利品，所以各國互相打仗攻佔城池的情形十分常見。周王室只是名義上的共主，實際擁有的土地與人民數量都極少，是屬於貧窮的國家。

到周赧王主政的時候，周王室已衰微不堪，不但政令不行於天下，連生計也成問題。當時有幾個國家準備聯合攻打秦國，瓜分秦的財富，赧王也想隨大軍一起討伐，寄望藉此分點好處，但是赧王自己沒有足夠的財力來召募兵士，於是便向全國的富戶們借錢，並約定好，取得勝利後，加利償還。

結果事與願違，還沒有與秦軍交戰，赧王就嚇得慌忙下令撤兵，使得軍費用去了大半，欠債又無法歸還。

時間久了，要求還錢的債主整天聚集在宮門前，吵鬧的聲音一直傳到赧王的耳朵裡，逼得他經常躲在花園的一座高台上。後來人們就把這座台子稱作「逃債台」，也因此有了「債台高築」這個成語。

有些學者將這個事例視爲中國最早的公債雛形。周赧王也成爲第一個向人民借錢，並且欠債、逃債的帝王。

（劉書竹）

原來政府也需要借錢啊！

當然啊，像前幾年政府推動「六年國建」，當時估計總預算約爲六兆四千億元，爲了支應龐大的建設經費，自民國八十一年就大量發行公債，籌措資金。

只有我們國家有公債嗎？

世界各國都會發行公債，而且公債的種類很多，常依特定目的發行，例如中央建設公債；或發行不同償還年限的公債，例如三年期公債或十年期公債。

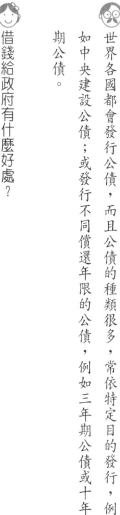

借錢給政府有什麼好處？

買公債的最基本意義就是賺利息錢；另外，公債也可以像股票一樣在公開市場交易，賺取差價。債券流動性良好，也就是可以自由買賣，同時可作爲質押品及充當公務上的保證。投資公債的好處在於政府的債信（還債的信用）極佳，違約的風險顧慮很低，像周赧王這種欠債不還的情況，不容易發生。

那政府會不會像周赧王一樣還不出錢或倒閉？

當然有可能，目前有民間機構在對世界各國政府進行信用評級的評鑑，經過評鑑，歐美各國及我國的債信就是屬於「良好」，不必怕倒閉。但是像阿根廷曾在二〇〇〇年爆發金融危機，債信評級就曾因此降低。購買公債就等於把錢借給政府，要具備專業知識，多做功課，才不會造成損失。

偷懶也不會倒閉的店

私有制鼓勵人民勤奮致富

民國七十七年（一九八八年），政府開放大陸探親（其實是旅遊），這年秋天我到大陸旅遊三個星期。當時大陸「改革開放」不久，私人企業很少，一些簡陋的攤販，都貼著「國營」的標示。

記得在泰山頂上有個鄉下人打扮的老漢在賣豆漿，他搭了個簡陋的棚子，坐在板凳上，守著一個盛豆漿的鋁桶，旁邊放著一疊粗碗。我買了一碗，和他聊起來：

「老大爺，您一天賺多少錢啊？」

「這是國營的啊，賣多賣少，我的工資都是三十塊錢。」

要是這個豆漿攤子是私營的，別人看他生意好，就會另開一家，他爲了維持生意，就會添購設備，提升服務品質。有了競爭，生意可能愈做愈好，也可能做不下去而倒閉。不過既然這個攤子是國營的，它不可能倒閉，但也不會進步。

在毛澤東統治時代，大陸厲行「公有制」，大小企業都是國營的，國家成為唯一的僱主，人民都成為僱員。公有制的好處是經濟上人人平等，每個人都有飯吃；壞處是養成「大鍋飯」心理，不管努不努力都得到相同的報酬，結果讓大家都變懶了。

公有制還有一個壞處，就是除了讓國家安排工作，人民沒有其他的工作可以選擇（沒有私人企業），因而失去了就業自由。

毛澤東去世後，大陸開始改革開放，逐步放棄公有制，朝向私有制過渡。公有制實行的是「計畫經濟」，以鉛筆來說，先預估需要量，做成計畫，然後根據計畫生產。

計畫經濟的好處是人民的工作有保障，生產的東西不管好壞，國家都會發薪水。壞處則是缺乏競爭，人民往往只求交差了事。不過最大的壞處是死板僵硬，因為社會複雜多變，誰能「計畫」得周全？所以在共產國家普遍有物資缺乏的現象。

相比之下，私有制的國家實行的是「市場經濟」，生產多少由市場的需求決定。打個比方，鉛筆工廠生產鉛筆，要看買的人有多少，買的人多，就多生產些，否則就少生產些。

我初次到大陸旅行時，私有制萌芽不久，人們過慣了「大鍋飯」生活，普遍懶散，做事沒有效率。不過此後我每年都去大陸兩、三次，發現隨著私有制的興起，人們變得愈來愈勤奮。不過才十幾年，因爲經濟形態的轉變，大陸人整個兒變了。

人是一種自私的動物，共產主義違反人性，硬要人民「破私立公」，結果弄得貧困不堪。現在世界上只剩下四個共產國家——中國大陸、北韓、越南和古巴，除了北韓還在實行計畫經濟，其他三個都在「掛羊頭賣狗肉」，已逐步走上市場經濟，也就是資本主義經濟了。（張百器）

實行公有制就不需要競爭，這對懶惰的人倒挺不錯的。

你說對了，私有制鼓勵人勤奮工作，公有制卻使人變懶。大陸有一句順口溜：「大鍋飯，養懶漢」，既然做好、做壞都一樣，誰還肯認眞幹活！雖然共產黨也想出了種種方法要避免人民偷懶，譬如選出一些「勞動模範」讓大家學習，或是讓大家互相監視，可是沒有一樣奏效。沒有競爭就不容易進步，這是共產國家經濟落後的最大原因。

這麼說來，私有制或市場經濟制度比較好囉？

市場經濟可以使聰明的人和勤奮的人得到發揮，但對弱勢者不見得有利。不過資本主義發達到一個程度，就會興起社會福利制度，也就是讓有錢的人多繳些稅，用來救濟或扶助弱勢者。畢竟，要是弱勢者活不下去，引發社會問題，對有錢的人也沒有好處。

推動五月花號的手

飄洋過海建家園，什麼都要錢

大家都知道哥倫布於一四九二年發現新大陸。哥倫布出航的目的，是向西航行，尋找一條新的航線到東方的印度、中國，證明地球是圓的，但後來卻意外的發現了當時歐洲人所不知道的新大陸——美洲。

到了十七世紀，歐洲的海上貿易發達，許多貿易商派船到遠東地區，採買珍稀的香料、絲綢、瓷器、茶葉等。歐洲人也越過大西洋，到新大陸開墾，把農作物、漁獲、動物毛皮等運回歐洲販賣。

「五月花號」本來是在歐洲地區載貨往來各國的貨船，因爲後來載了一群英國清教徒到美洲，才在歷史上留名。這群清教徒最初是因爲宗教理念與教會不合，才決定離開家鄉，到新大陸去發展。

但美洲不是隨隨便便就能去的。因爲在那個時代，土地是皇室所有，要

去開墾，必須獲得皇室的特許證，而遠渡重洋所需的各項物資，如船隻、衣物、食物等，也必須設法張羅。

發現新大陸的哥倫布，是運用千方百計，才找到西班牙國王贊助他。這群清教徒也得自己想辦法。

當時倫敦有個富商韋斯頓，願意資助這批清教徒到美洲開墾，不但提供金錢、物資，還幫他們找好土地，條件是他們必須連續七年、每個星期爲他工作四天。七年過後，雙方再來平分開墾所得的收入。

對韋斯頓來說，這群清教徒就是他「投資」的對象——他指望這群人能努力工作，多多收成漁獲、毛皮、農作物等值錢的東西，好送回歐洲賣錢。

本來雙方已經約定好，清教徒也準備出發，但韋斯頓臨時反悔，要求改爲每星期工作六天。清教徒不願接受，決定自行搭乘早已準備好的「婆婆納號」和「五月花號」前往。爲了換取所需的用品，他們還賣掉了一部分旅途中要吃的食物。

沒想到從港口出發時，婆婆納號故障了，他們只好全部擠上速度比較慢的五月花號。

五月花號在一六二〇年九月十六日自普利茅斯港口啓航，載著一百零一名乘客，越過了風浪險惡的大西洋，十一月二十一日在美洲鱈角的普羅溫斯頓港登陸。他們找到地方定居，開始建造房屋、種植作物。過了一個嚴寒的冬天，只有一半的人活下來。

吃的、穿的、用的，什麼都要錢，爲了籌得資金及合法使用土地，清教徒又和商人派爾斯及擁有土地權的普利茅斯公司合作。派爾斯把錢「投資」在這些清教徒身上，他分給每人一百英畝的耕地，最後必須有一千五百英畝的收成是歸派爾斯和其他「投資人」。

這筆投資最初看起來像無底洞，因爲接連著幾年收成都不好，投資人不但賺不到錢，還得繼續養活這些清教徒。到了一六二七年，他們終於受不了了，便以一千八百英鎊的代價把所有權賣回給清教徒，讓清教徒以每年兩百英鎊的方式分期支付款項。

落地生根的清教徒，有當地印地安人的幫助，拿回自主權後，更有總督布雷德福的英明領導，愈來愈多清教徒從英國過來開墾，經過十多年奮鬥，終於在新大陸落地生根了。

（李美綾）

為什麼五月花號那麼出名？

因爲這群清教徒在新大陸所建立的社會、政治、宗教與經濟制度，爲後來的美國奠定了基礎，而且有好幾任美國總統都是他們的後代呢！

韋斯頓和派爾斯這些商人，好像是在利用他們！

其實商人提供資金和土地給這群清教徒，就是爲了獲利。這聽起來很難接受，可是反過來想想，清教徒如果沒有錢，就沒有船、沒有食物、沒有土地，也無法在異鄉立足。他們跟商人合作，也算是各取所需囉！

可惜商人沒有從清教徒身上賺到錢。

世界上所有的投資人都一樣，發現投資虧損時都會很失望。投資是需要耐性的，不過這筆投資似乎眞的回收太慢，並不划算。

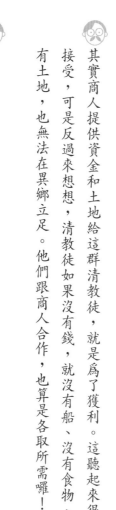

爲石油而戰

有價的東西人人愛

金錢是用來交易的，也就是用來買賣東西的。人類懂得使用金錢才不過幾千年，在沒有金錢的時代，是怎麼交易的呢？

答案是「以物易物」——用我有的貨物，換我沒有的貨物。例如我種糧食，你種蔬菜，我們就各拿出一些交換，這樣一來，你有了糧食，我也有了蔬菜。但是這種原始的交易方法很不方便：如果彼此的距離遙遠，怎麼換呢？貨物種類多了，怎麼折換呢？於是一種便於流通的「貨物」——金錢，就發明出來了。

因此，金錢代表著貨物，而且是一種「通貨」（流通的貨幣），可以換取任何貨物。人們追逐金錢，說穿了是在追逐貨物。要是世間沒有各種貨物，金錢就失去用處了。像魯賓遜，漂流到無人的荒島上，就算身上有錢，又有什麼用呢？

生產貨物需要物資，例如織布需要棉花、蠶絲、人造纖維，製造食品需要稻米、小麥、玉米，製造家具需要木材、金屬、塑膠，能源需要天然氣、石油、煤……。這些物資有些可以再生，例如棉花、稻米、木材，只要有適合的土地就可以種植出來；有些不能再生，用掉一些就少一些，例如天然氣、煤和石油。其中石油大約只能再供用四十年，是最緊缺的一種物資，爭奪也最激烈。

石油不但可以作爲能源，還是一切「石化」（石油化學）產品的原料，我們用的各種塑膠和人造纖維，都是石化產品。石油的用途太大了，所以被稱作「黑金」（原油呈黑色）。用石油生產的「貨物」數都數不清，要是石油沒了，我們的生活一定會整個改觀。

全球的石油有一半以上分布在波斯灣地區。西歐的英國、法國、德國和亞洲的日本都不產石油，只要切斷它們的石油來源，這些工業大國就得停擺。美國雖然產石油，但它的石油已經不再開採。一九七三年，波斯灣國家用石油作武器，減少石油產量，使得原油從每桶〇・四一美元，一下子漲到一〇．七三美元，造成世界性的經濟危機。

當時世界上有兩個超級強國——美國和蘇聯，蘇聯支持波斯灣國家，美國不便動武。一九九〇年蘇聯瓦解，美國再也無所顧忌，於是兩次發動波斯灣戰爭，牢牢抓住波斯灣地區的石油不放。美國知道，只要控制住波斯灣地區的石油，各工業大國就必須唯美國馬首是瞻，它的霸權地位就不會動搖。

物資固然可以生產貨物，但如果沒有市場（消費者），貨物銷不出去，也就不能創造財富，所以市場也是賺取金錢的要素之一。如今各大工業國生產過剩，工商業正在崛起的中國大陸，就成爲大家看好的最後一塊「未開發的市場」。（張百器）

原來金錢是因為「以物易物」不方便才發明的。

是啊！金錢就是以物易物的媒介。有了金錢，就可以用錢來換東西（交易），不必各自帶著實物，以物易物了。

用一支原子筆和同學換一塊橡皮擦，這算不算以物易物？

也算是吧。直到現在，一些原始部落還採用以物易物的方式交易，比方一頭牛換兩頭豬、一頭豬換兩頭羊。不過，一旦生產力進步，貨物的種類增多，以物易物的方式就行不通了。

既然地球上的石油只剩下四十年的存量，那以後大家豈不是會為了爭奪石油，發動更多的戰爭？

有可能。有價值的東西人人都想要，何況石油是重要且少有的能源，沒有石油，車子發不動、船不能開、飛機不能飛……目前人類還沒找到比石油更好用的能源，爲了爭奪石油，以後可能還會發生各種爭端。

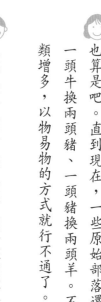

妳家有錢又怎樣？

知足惜福最可貴

瑞玉的爸爸是電子公司的老闆，他們家住的大樓寬敞豪華，出門都坐進口車。瑞玉每天上下學，還有司機接送。班上同學在瑞玉背後叫她「公主」，因爲她常不經意的擺出有錢人的姿態，許多同學都不以爲然。

話雖如此，瑞玉身邊還是有幾個同學當「跟班」，因爲瑞玉的零用錢很多，她常常買飲料請她們喝。每當瑞玉和其他同學吵架，這些跟班就會出來幫瑞玉。

有一天中午，幾個女同學在討論上個週末去夜市逛地攤。用慣名牌的瑞玉聽到了，隨口就說：「地攤貨好土哦，送我都不要！」

美華聽了，瞪瑞玉一眼，說：「妳家就幾個臭錢，有什麼了不起！」

瑞玉不甘示弱，回了一句：「我又沒說妳！」

也不能怪美華生氣，因爲她用的都是地攤貨。每次瑞玉炫耀她家多有錢，吃穿有多講究時，美華的心裡就很不是滋味。

「有錢也不是妳賺的！」美華說：「妳爸媽有錢，那是他們運氣好！」

「哼，我同學都嫉妒我們家有錢！」瑞玉很不服氣，一回家就把這些話跟媽媽說。她以爲媽媽會和她一樣，覺得同學都很小心眼，沒想到媽媽的反應卻不一樣。

「我們以前沒注意到這個問題，要感謝妳同學的提醒。」媽媽說：「也許我們給妳的零用錢太多了。」

「媽，妳該不會扣我的零用錢吧？」瑞玉很關心她的「收入」。

「嗯，我來和妳爸爸商量，看怎麼處理比較恰當。」媽媽慎重的說。

第二天早上，媽媽只給了她一百元零用錢，這還包括午餐費。瑞玉簡直難以相信。

「我們把多餘的零用錢以妳的名義存起來，以後遇到學校有同學急難需要幫忙，就捐給他們。」媽媽告訴瑞玉，零用錢並沒減少，只是做了有意義的安排。瑞玉雖然不高興，也只能接受。

這天下午下課時，瑞玉的幾個跟班來找她。

「好渴哦！」孟眞說：「我們去福利社買冰吃吧！」

「好啊！」但瑞玉馬上想起自己身上只剩二十五元，只夠買一支冰。「不過我今天沒錢耶，我們各買各的吧！」

「妳沒錢？怎麼可能？」孟眞說：「不想請客就說一聲，小氣鬼！」沒等瑞玉解釋，孟眞就和另外兩個人不高興的走出教室。

怎麼會這樣呢？孟眞她們從來不會對瑞玉這麼兇的。這時候，美華剛好走進教室。

「妳跟孟眞她們鬧翻囉？」美華說：「我剛剛在走廊上遇到她們，孟眞說妳很沒義氣。」

「才不是呢！」瑞玉覺得委屈。「我只是沒帶錢，沒請她們吃冰而已。」

「妳以爲朋友是用錢買的嗎？」美華笑著說：「有錢又怎麼樣？說話不客氣，又喜歡支使別人，妳這樣的態度，誰會願意跟妳做朋友！」

美華的話聽起來眞刺耳！但是瑞玉開始認眞的想：有錢、沒錢，爲什麼會差這麼多呢？

（吳嘉玲）

瑞玉雖然有錢，反而和同學處不好，許多有錢人都有這種驕傲的嘴臉。

腳踏實地賺錢的人，通常會很愛惜金錢，並不會任意揮霍。如果不是自己賺的錢，或錢來得太容易，反而會不知珍惜，甚至顯出驕傲的態度，令人反感。有錢，除了靠自己努力，也需要許多人的幫忙，有時還眞得靠些運氣呢！

而有錢人看起來驕傲，是因爲他們眞的都財大氣粗，還是因爲我們心裡有些羨慕或嫉妒他們呢？

不管怎樣，如果瑞玉能變得謙虛一點，相信她的人緣會變好。

瑞玉家境好，零用錢多，出手大方是她的自由，但班上多數同學的家境都普通，她的花錢方式難免會刺激到別人。如果她能收斂炫耀的心態，也體貼家境較不好的同學，相信人緣一定會更好！

投資在自己身上

培養專長，就是累積財富

信平的爸爸開了十幾年的計程車，成天都在馬路上跑，雖然覺得早出晚歸很辛苦，但因爲沒有其他的技能，只好將就著。前幾年，他跟著朋友玩股票賺了一筆，覺得買賣股票賺錢很輕鬆，就不想再開計程車了。

他把計程車賣掉，換了一部豪華轎車，從此每天早上到證券公司看股市行情，買賣股票。等到下午股市收市，他就開著拉風的新車，四處找朋友聊股票經。

他玩股票的胃口愈來愈大，總覺得錢賺得不夠快，心想：只要投資更多的錢，賺回來的豈不是更多？當時股市行情看好，幾乎天天「漲停板」，他躍躍欲試，便拿房子去銀行抵押，貸款兩百萬元，全部投入股市。

沒想到，受到亞洲金融風暴及全球經濟不景氣的影響，股市從一萬多點不停往下跌，投資客損失慘重！信平的爸爸當然也不能倖免，前前後後投入股市的四百多萬元幾乎全部泡湯，還欠了一身債。爲了還錢，他忍痛把買了不到一年的新轎車賤賣掉，換了一輛二手計程車，繼續開車賺錢，不但要養家，還得償還貸款，因爲要是錢還不出來，他們住的房子就會被查封。

現在開計程車比以前辛苦多了，因爲景氣不好，許多人改行開計程車，而搭計程車的客人卻沒有以前多。信平的媽媽想幫忙家計，可是因爲沒有特別的技能，也只能幫人做些簡單的代工，工錢微薄，從早做到晚，假日也不得休息。

信平看爸媽這麼辛勞，心裡很不忍。他想等國中畢業後，就去工廠上班，好減輕爸媽的負擔。信平的爸媽知道了，卻不贊成，因爲他們知道，雖然繼續升學，要負擔的學費不少，但這是值得的。

媽媽鼓勵信平繼續升學，如果想幫忙，就用功唸書，多學幾項技能。

「只有盡可能讓你受最好的教育，以後的日子才不會過得辛苦啊！」媽媽語重心長的說。

（吳嘉玲）

難道開計程車不算是一技之長？

駕駛技術當然也是一種技能，但並不是很難的技術，許多人都能學會。如果許多人都會同一項技能，這項技能就不那麼值錢了！

聽說有人因為投資股票成了千萬富翁，有人卻傾家蕩產，負債累累。

許多人對股票投資一知半解，看別人買賣股票快速致富，就一窩蜂的跟進，甚至借錢或貸款去玩，這不是理性的投資。

眞正能在股票市場中賺到大錢的人，一定對股票市場有足夠的了解，這說明了「知識」能帶來力量，也能創造財富。許多人不願學習投資理財的知識，只想盲目追逐股市行情，玩投機遊戲，雖然有機會走好運，但終究躲不過壞運氣。

學得一門專業，或精通某項技術，需要相當的時間及金錢；可是擁有了這項專長之後，就可以增強自己的競爭力，所以教育也算是一種投資。

TAXI

起死回生的大富翁

賺錢不是人生的目的

幾十年前，在中部地區有個「好命村」，村裡有一個富翁名叫張富貴。張富貴的腦筋很好，懂得做生意的訣竅，開設分店利滾利，不到五十歲，便已富甲一方，村裡第一所學校和醫院就是他出資興建的。

不過聽說這位慈善家本來是個出名的小氣財神呢！原來他的轉變，起自於某次的機遇……

話說有天張富貴遇見一位白髮老人，老人對他說：「張富貴啊，你一輩子拚命累積財富，但是你曉得自己將來的命運嗎？」說著，便要他選擇老人手上拿著的兩個錦袋其中之一。

張富貴幾經思量後，伸手拿了右邊的錦袋。誰曉得打開後，看到裡面竟寫著：「三月後死，死便是生。」他嚇了一大跳。

老人慈祥的對張富貴說：「是福是禍還不一定，就看你如何取捨了。」說完便消失了蹤影。

張富貴深受打擊，認定自己只剩下三個月的壽命了。他懷著沉重的心情回家去，像生了場大病似的，在床上足足躺了一個月。

「再這樣下去，我的餘生豈不就在床上度過了？」他想，既然難逃一死，不如趁死前到自個兒的田地去走一遭，看看最後一面。

走著走著，來到一處小村落，等到肚子咕嚕嚕叫著，才猛然想起已過了吃飯時間，但他卻忘了帶錢出門。

正餓得受不了時，剛好有一位趕著牛車的老伯路過，滿臉笑容的邀請他回家用飯。

餓壞了的張富貴一口氣吃下一大碗粥，回神後才發現老伯原來是家徒四壁。想到老伯雖然擁有的不多，卻不吝嗇與人分享，他覺得自己比起來實在差得遠了。

「老伯，您雖然生活過得簡單，但是臉上的笑容卻比我多。」張富貴心有所感的說。

老伯笑咪咪的說：「你說，錢財能買得到雲彩、晚霞和四季的變幻嗎？我每天日出而作，日落而息，可以溫飽，又享受著老天爺賜予的生命，還有什麼比這更令人開心的？錢財生不帶來、死不帶去，夠用就好囉！」

「沒錯，我死了，錢也帶不走啊！」

張富貴回想從前，自己的眼裡只有賺錢，卻不知享受人生、幫助他人，成了錢奴還沾沾自喜，現在死期將至，又得到什麼呢？老伯的話提醒了他，凡事應該知足，並懂得善用金錢。

張富貴回到家後，把他財產的一部分捐出來興建學校和醫院，並提供清寒子弟獎學金，而且自己也投入行善的行列。

一晃眼三個月過去了，張富貴不但沒死，精神反而比從前更好。他很感謝這一連串奇妙的際遇，相信是老天爺給他重生的機會。他一直活到八十四歲才安然離世，從小氣財神變成慈善家的故事，至今仍讓人津津樂道呢！

（王一婷）

張富貴歷經了死亡的恐懼和受人幫助的恩惠，體會到錢財帶不進棺材的道理，才澈底改變了他原本守財奴的心態，讓自己的錢財發揮更多的效用，造福大眾。

可是小氣有什麼不對？拿自己的錢去幫助別人，不是很吃虧嗎？

賺很多錢供自己一個人花用，是一種享受；賺很多錢跟我們關心的人一起分享，使這些人因爲我們而快樂、成長、不虞匱乏，不但是享受，也是對我們自己的肯定，使我們的人生更有意義了。我們可以節約用錢，對「錢」小氣，但是不該對「愛」小氣！

那個白髮老人是真有其人嗎？

或許有，或許沒有。也許我們不會像張富貴一樣，遇到這些戲劇性的波折，但是不妨也藉此想想，自己對金錢抱持怎樣的態度，究竟我們是錢的奴隸，還是錢的主人？

賺錢是爲了維持生活的基本開銷，但人卻不是爲了賺錢而活，如果認爲生活的唯一目標只是在累積財富，那就太可惜了。

蕭碧華談理財

認清事物的價值

（李美綾）

蕭碧華，美國丹佛大學財務金融所碩士，曾任職投信公司十餘年，深諳基金投資與財務規劃之道。歷經家境由富轉貧、丈夫早逝等人生挑戰，始終抱持積極的人生態度。著有《一本女人寫給女人的理財書》、《一本女人寫給女人的理財書2》（方智出版）。

圖片提供／蕭碧華

您小時候零用錢是怎麼用的？

我們家有四個小孩，上國中以後都有零用錢。我有一個豬的存錢筒，是我自己買的，我習慣把錢放進去，等要花的時候再把錢拿出來。我的弟弟妹妹都是有多少錢就花多少錢，想要什麼就直接去買。我通常不會把錢花光，而是會累積，這樣一來，想花的時候，就可以有較大的一筆錢可以花，例如存了幾百元，就可以一次拿一百元去買一個想要的東西。

等到我出來做事也是這樣的習慣，就是會先把自己的「倉庫」堆滿，看手上有多少錢，再去花錢。

小時候我出門很怕沒有錢，會習慣去摸摸口袋有沒有錢，這也影響到我後來使用信用卡。我知道有很多人習慣先花了錢再來分期付款，或是只付最低金額，然後再付利息，我不會這樣。

我會充分利用信用卡的好處，就是消費過一個月後才開始算利息，而且可以累積點數。不過後來我發現，消費了幾十萬，點數只能換一條小毛巾，這樣換是不對的，所以我後來都盡量用信用卡來付那些一定要付的錢，像電話費、所得稅，而不是消費的錢，這樣比較不會有「先享受，後付款」的心理。這兩個存錢和花錢的觀念影響我滿大的。

用錢的習慣是受到父母的影響嗎？

我的父母並沒有特別教過我，不過我在想是不是基因的影響，因爲有人說我是遺傳自祖父，我祖父是開雜貨店的，他很會算錢，非常精明，不過他在我六歲的時候就去世了。我自己天生對數字很有敏感度，對錢的使用也非常注意。

我自己對名牌的興趣不太大，不一定要買名牌，買東西時我會想值不值得，要有適當的價值才買，買東西通常是夠用、能用就好了。不過我發覺，以前存了錢，都是誰有狀況就讓誰拿去用，例如給爸爸用、給妹妹用，後來我領悟到要對自己好一點，所以提升了一些，給自己買了一部車，又把家裡重新裝潢過。

您會給女兒零用錢嗎？

我女兒現在十四歲，我每個月會給她四百多元的零用錢。我告訴她，沒有必要不要亂花，但是買了就要有效果。她不會亂花錢，也不會崇尚名牌，而是存錢去買她喜歡的東西，例如她喜歡森林家族的小玩偶，就會去蒐集；喜歡孫燕姿、S.H.E的唱片，她也會想買，但是她會先跟同學借來聽，聽了確定喜歡再去買。

您怎麼教女兒存錢和花錢？

我會讓她去看世面，多方體驗，譬如從小到大我比較捨得花的是旅遊的錢，讓她了解那是怎麼回事。我曾帶她去美國拉斯維加斯住六星級的飯店，讓她知道「原來奢侈是這麼一回事」，那裡有很多名牌商店，她看了覺得很不實際，沒有那個價值，「偶爾這樣可以，但每天這樣也不是那麼刺激」。

我也帶她去吃過一客一千多元的牛排，她吃了，會拿來跟她平常吃的麥當勞辣雞堡比較，覺得兩者不成比例，好像沒有必要花那麼多錢。我讓她去嘗試，去看很豪華的東西，讓她自己去想「我需不需要？」

有一次年終森林家族大別墅大特價，只要兩千九百九十元，她沒有那麼多錢，我跟她說：「妳的生日和耶誕禮物的錢可以有三千元，可是森林家族只有現在打折，以後就沒打折了，我可以先借妳這筆錢，但是這個禮物要到五月生日那個時候才可以打開。」她接受這個先便宜買到需要的東西卻又必須忍受慾望的提議，而且乖乖等了數個月才打開禮物。

您會教女兒投資理財嗎？

我從我女兒國中時開始替她買定期定額基金，每個月都讓她看投資報表。今年股市四千點的時候，她的零用錢有四千多元，我就問她「現在是低檔，妳要不要加碼？」她考慮過後說不要，但是這讓她注意到後來股市從四千多點漲到六千多點，就會開始有概念。之前的報表報酬率是負的，後來變成正的，賺了七、八千元，她平時在用錢，知道一張ＣＤ三百五十元、一只手錶一千元，自然就能體會那個價值是怎麼樣。

我從去年開始跟她玩「猜指數」遊戲，跟她賭年終那一天股市會到幾千點，輸贏是一百塊，去年我還輸給她。我用這種方式讓她去留意股市的變動，她會因此去思考「美國和伊拉克會不會打仗」等問題。

The Eurasian Publishing Group
圓神出版事業機構
用心與你對話・視野無限寬廣

圓神出版社
Eurasian Press

http://www.booklife.com.tw　inquiries@mail.eurasian.com.tw

說給我的孩子聽 01

面對人生的10堂課——金錢

發 行 人／簡志忠
出 版 者／圓神出版社有限公司
地　　址／台北市南京東路四段 50 號 6 樓之1
電　　話／（02）2579-6600・2579-8800・2570-3939
傳　　真／（02）2579-0338・2577-3220・2570-3636
郵撥帳號／18598712　圓神出版社有限公司
副總編輯／陳秋月
主　　編／林慈敏
策　　劃／簡志忠
審　　定／張之傑
套書主編／李美綾
插　　畫／吳嘉鴻
責任編輯／李美綾
校　　對／李美綾・傅小芸
美術編輯／劉婕榆
排　　版／陳采淇
印務統籌／林永潔
監　　印／高榮祥
總 經 銷／叩應有限公司
法律顧問／圓神出版事業機構法律顧問　蕭雄淋律師
印　　刷／龍岡彩色印刷
2005 年 5月　初版

定價 250 元
ISBN 986-133-064-X

國家圖書館出版品預行編目資料

面對人生的10堂課 . 金錢 / 林慈敏主編.
-- 初版. -- 臺北市 : 圓神, 2005[民94]
面； 公分. -- (說給我的孩子聽系列 ; 1)

ISBN 986-133-064-X （精裝）

1. 親職教育 2. 父母與子女

528.21 94004312

請貼郵票

圓神出版事業機構 收

105 台北市南京東路四段50號6樓之一
Tel：02-25796600　Fax：02-25790338

對折黏貼後，即可直接郵寄

說給我的孩子聽系列　**面對人生的10堂課**

說給我的孩子聽系列　**面對人生的10堂課**